人妻あげマン寮母

霧原一輝

Kazuki Kirihara

イースト・プレス 悦文庫

目次

人妻あげマン寮母

第一章　監督の妻を抱く

1

亀山郁夫《かめやまいくお》は夕食を完食することができずに、残りの白米に味噌汁をかけた。他の部員は食べ終えて、食堂を出て、残っているのは郁夫だけだ。

ぶっかけメシにして、ずるずるっと啜《すす》るようにかきこむ。

と、ごちゃまぜになったものが気管に入りそうになって、ぐふっと噎《む》せる。

どろどろになったご飯粒が飛び散って、テーブルに付着した。

「ああ、すみません」

郁夫はあわてて、テーブルに散ったご飯粒を拭《ふ》こうとするものの、肝心の拭くものがない。

そこに寮母であり、シェフであり、監督の妻でもある五十嵐涼子《いがらしりょうこ》がやってきた。

「すみません。せっかく作っていただいたものを……」

「大丈夫よ。ゆっくり食べていいから。慌てなくていいのよ」

やさしく言って、飛び散ったご飯を布巾できれいに拭《ぬぐ》ってくれる。

そのとき、ニットに包まれた大きな胸のふくらみが郁夫の左腕に触れて、ハッとして腕を引く。

「ゴメンなさい。当たっちゃったわね」

涼子が白い歯を見せて、微笑む。

頭に白い三角巾をかぶって、腰にも白いエプロンをしている。

寮母と言うと、ぽっちゃり型でやさしげな顔をした女性というイメージが強い。だが、涼子は違った。

女優としても通用しそうなくっきりした顔立ちの美人で、胸や尻は発達しているのに、ウエストは見事に引き締まっている。

しかも、年齢は三十七歳。

我が私立S大学の陸上部の長距離部門の監督をしている五十嵐義孝《よしたか》の妻であり、この寮の寮母でもあった。

ここに入った学生はおそらくほぼ全員が、まずこのきれいな女性が監督の妻であり、寮母であり、食事などの健康面の一切を管理していることに驚くだろう。

郁夫もそうだった。

　五十嵐監督はかつてH駅伝にも出場したことのある名選手で、コーチ、監督としての実績もあった。だが、指導者としてH駅伝の出場を果たしておらず、本人も周囲もその夢を叶えようと必死だ。

　今年五十五歳になった監督はお世辞にもイケメンとは言えず、性格もぶっきら棒でおよそ女にモテるタイプではない。

　だから、監督が後妻に涼子のようないい女をもらえたことが、この陸上部での七不思議のひとつになっていた。ちなみに、前妻は病気で亡くしている。

　二人は五年前に結婚したのだが、子宝に恵まれず、それもあって、涼子は陸上部の選手を子供のようにかわいがってくれている。

　テーブルの上をきれいにし終えた涼子が、隣に腰をおろして、心配そうに言った。

「やっぱり、ショックを引きずっているのね。無理もないと思う」

　郁夫は無言でうつむく。

　じつは今日、全日本大学駅伝大会の地区予選の出場メンバーが発表されて、亀山郁夫はそのエントリー選手のメンバーから洩《も》れたのだ。

さすがに、肩が落ちた。

最近、まったく記録が伸びずに頭打ちであることは自覚していた。

高校生のときの五千メートルでは全国大会でも三位に入ったほどで、自分に自信が持てた。

この大学に入ったのもスポーツ推薦だった。私立S大学の長距離部門が五十嵐監督に替わってから、もうあと少しでH駅伝に出場できそうなところまでレベルがあがっていて、ここならと郁夫はS大学を選んだのだ。

大学の長距離走選手の多くがそうであるように、郁夫の夢はH駅伝に出場することだ。

しかし、郁夫が入部してからも、S大学はあと少しというところでH駅伝出場を逃しつづけている。

入学して二年までは、郁夫は絶好調だった。

だが、三年になって記録の伸びが止まり、今では完全に頭打ちで、むしろ記録が落ちている。

この前の記録会でも、走った選手二十名のうちの十三位だった。

すぐにせまっている全日本大学駅伝大会地区予選のエントリーメンバーが十名

で、そのうち出られるのが八名と決まっているから、無理かもしれないとも思った。

しかし、二年までは活躍してきたのだから、その実績を買われて――という都合のいいことも考えていた。

だが、結果は落選だった。

目の前が闇に覆《おお》われて、体からがっくりと力が抜けた。

（自分はもう終わったのだ……）

そんな気持ちが押し寄せてきて、食欲までも奪っていった。

「俺、もう退寮したほうがいいですかね？」

郁夫はついつい心の声を口に出していた。監督には言えないことも、不思議にこの人には言えるのだ。

一瞬、涼子の瞼《まぶた》がぴくりと動いた。

「そんな弱気なことは言わないで……今、一線で活躍している選手にも必ずスランプはあったのよ。記録が伸びないときはあった。みんな、それを乗り越えたから今があるの。亀山くんも今がもがくときだと思う。もがいてもがいて、そこを乗り切ったときに初めて、アスリートとして新境地が開けるんじゃないのかしら？」

涼子の言葉が、ジーンと胸に沁《し》みた。

「亀山くん、ちょうどいい時期だから、マッサージしてあげる」

涼子がまさかのことを提案してきた。

「マ、マッサージですか？」

「ええ……亀山くんはオーバートレーニングのような気がする。真面目だから、回復する前に負荷をかけてしまう。たぶん、今、亀山くんの体には疲労物質が溜まっているんだと思う。それを取り除くためには、マッサージがいちばんなのよ」

「でも、涼子さんにマッサージなんて……」

学生は彼女のことを一律に『涼子さん』と呼ぶ。彼女がそう呼ぶように求めたからだ。

「わたしもかつては陸上をやっていたから、どこをどうマッサージすれば、疲労が抜けるかはよくわかっているつもり。じつは、監督にもよくマッサージしているのよ。知らなかったでしょ？」

「はい……知りませんでした」

涼子が、監督のがっちりした体をマッサージしている様子が頭に浮かんできて、なぜか少しエロチックな気持ちになった。

「そうね。後片づけの時間が必要だから、一時間半後にきみの部屋に行くわ。それでいい？」

「はい、ありがとうございます」

「元気出さなくちゃ！　ガンバろ、ねっ！」

涼子がぽんと肩を叩いた。

ニットに包まれた胸がぶるるんと揺れ、目尻のスッと切れたアーモンド形の魅惑的な目がじっと見据えてくる。

郁夫は魅入られたように、視線が離せない。

すると、涼子は視線を切り、布巾を洗いにキッチンへと向かう。

腰エプロンの蝶々結びされた尻が、かるく揺れている。

むっちりとしたヒップにスカートがぴちぴちに張りつき、その熟れた尻に視線が釘付けにされる。

ここに入寮して、涼子という存在を目の当たりにしてから、オナニーするときは、必ずといっていいほど彼女を思い浮かべていた。

この寮は各選手のプライバシーを尊重し、またひとりのほうが疲労回復しやすいという面もあって、ひとりに一部屋があてがわれている。

だから、オナニーを極めてしやすい環境だった。

郁夫が二十一歳にしていまだ童貞であるのも、おそらく涼子以上の女性が目の前に現れなかったからだ。

自分だけではなく、ここ入寮している多くの学生が、涼子とセックスするところを想像して、ひとりでしているのではないのか？

五十嵐涼子は監督の妻であり、選手の健康面を管理している栄養士であり、寮母であり、そして——選手たちのオナペットだった。

その彼女が部屋に来て、マッサージしてくれるのだ。

おそらく、郁夫がメンバーに落選して落胆しているのを見て、慰《なぐさ》めてあげたいと思ったのだろう。

郁夫は少しだけ希望が湧いてきて、残りのぶっかけメシを急いでかきこんだ。

2

午後九時半、郁夫は自分の部屋で涼子が来るのを今か今かと待ちわびていた。さっきまで絶望感に苛《さいな》まれていたのに、五十嵐涼子がマッサージに来てくれるというだけで、気持ちが弾んでいる。

それだけ、彼女の存在は自分には大きなものだった。

これまでも陸上部を辞めたいと思ったことはあった。それを思いとどまったのは、涼子がいたからだ。

実際にそういうとき、彼女が郁夫の気持ちを察したかのように言葉をかけて、励ましてくれた。

寮の部屋はひとり一部屋ということもあって、シンプルなワンルームだが、もちろんバストイレもついている。寛《くつろ》ぐためのバスタブもあった。

ちなみに、大学のキャンパスはここから、電車で二駅のところにあり、いつも練習するグラウンドはこの寮から徒歩五分のところにある。

郁夫はスポーツ推薦で入学したのだし、これだけ恵まれた環境を与えられていて、記録が伸びないことには『申し訳ありません』と頭をさげたい気持ちだった。

暖房の利きと、部屋の整理整頓の最終確認をしていると、コンコンッとドアをノックする音が聞こえた。

急いでドアを開ける。

廊下には、赤の地にストライプの入ったジャージの上下を着た涼子が立っていた。陸上部の女子マネージャーの制服だった。いつも後ろで結んでいる髪が今は解かれて、肩に散っていて、その姿に見とれてしまった。

「あら、思ったよりきれいにしているじゃないの。感心、感心……」

涼子は部屋を見まわして言い、

「早速、マッサージしようか……何かベッドに敷くもの持ってる?」

郁夫は大きめのバスタオルを用意した。それをベッドに敷いた涼子が言った。

「いいわ、これで……じゃあ、ブリーフだけの姿になってもらえる?」

「えっ……?」

「マッサージオイルを使いたいの。ハーブの香りがして、気持ちもリラックスできるのよ」

そう言って、涼子は小さなバッグから香油を切り出した。

まさか、これほど本格的なマッサージをしてもらえるとは思っていなかった。だが、どうせなら、ちゃんとやってもらったほうがいい。

郁夫は急いで、ジャージの上下を脱ぐ。

その間に、動きやすくと思ったのだろう、涼子がジャージの上着を脱いだ。

涼子は白い半袖のTシャツを着ていたのだが、こんもりとした胸のふくらみがすごかった。

もっと鑑賞したかったが、うつ伏せに寝るように言われて、できなかった。

涼子が手のひらにマッサージオイルを出して、温め、静かに背中に塗りはじめる。

仄《ほの》かなアロマのフレグランスが、郁夫をスイートでセクシーな世界へと連れていく。

肩から肩甲骨《けんこうこつ》、さらに背中を背筋に沿って伸ばされる。

かるくマッサージされると、凝り固まっていた筋肉がほぐれ、リンパの流れが良くなって、そこが活性化していくのがわかる。

「どう？」

涼子が訊《き》いてくる。

「はい、すごく気持ちいいです。ほぐれていきます」

「よかった……亀山くんはどう思っているかわからないけど、監督はすごくきみを高く評価しているのよ。この壁を乗り越えれば、うちのエースになれるって」

「ほ、本当ですか？」

「事実よ」

「でも、俺、最近まったく記録が伸びてませんし……どうして、俺、最近ダメなんでしょうか？」

　郁夫が言うと、マッサージする手を止めて、涼子が言った。

「オーバートレーニングなんだと思う」

「……練習しすぎってことですか？」

「ええ……亀山くん、今年記録が出なかったあとで、私たちに隠れて、ずっと走っていたわよね、ひとりで」

　確かにそうだった。あれから、走っていないと不安になって、朝練の前にみんなには内緒でかなりの距離を走っていた。

「ばれてたんですか？」

「最近知ったの。小杉《こすぎ》くんに教えてもらって……わかっていたら止めていたわ」

小杉というのは、一年の部員だ。

（そうか……あいつが見ていたのか？）

涼子の手がおりていって、太腿《ふともも》のマッサージをはじめた。

しっとりとしたオイルを塗り込みながら、内腿を揉まれると、そこが性器に近いせいか、たちまちイチモツが力を漲《みなぎ》らせてしまう。

（ああ、ダメだ。こんな大事な話をしているときに……！）

おさまれ、おさまれと分身に向かって言い聞かせる。

涼子が太腿をぶるん、ぶるんと手で震わせながら言う。

「オーバートレーニングって、最悪なのよ。ハードな練習をして休む。休んでいるときに回復して、以前より筋肉も耐久力もついていく。でも、そこで休まないと、逆に消耗してしまう。きみは今、休む勇気が必要なの。監督もきみを実戦で走らせて無理させたら、ここで終わってしまう。燃え尽きてしまうと考えたんじゃないかしら？　言っていることはわかる？」

「……はい。わかります」

郁夫もオーバートレーニングがどんな弊害をもたらすかはわかっているつもりだ。だが、不安に駆られて、どうしても練習計画以上に走ってしまうのだ。

「きみは真面目すぎるのよ。もっとリラックスして。走ることを愉《たの》しまくちゃ。ていうか、人生そのものを愉しまないと……きみは今、何が愉しみで生きているの？」

そう問われて、郁夫はハッとした。

「……愉しんでいない気がします」

「前は走ることが愉しみだったでしょ？」

「はい、そうです」

「でも、今は苦痛になっている。そうよね？」

「はい」

「それじゃあ、ダメなのよ。人生そのものを愉しまなくてはダメ……ちょっとお尻をあげてみて」

涼子に言われて、郁夫は尻を少し持ちあげた。すると、ブリーフがするするっと抜き取られて、足先から強引に脱がされる。

「あっ、ちょっと……！」

尻を見られる羞恥《しゅうち》で、郁夫はぎゅっと尻たぶを引き締めて、尻の穴を手で隠した。

涼子はその手を外して、オイルを塗り込んでくる。

「大丈夫よ。恥ずかしくないわ。格好《かっこう》いいお尻をしているわよ。他の部分は褐《かっ》色《しょく》に焼けているのに、お尻だけは真っ白なのね。カワイイわ」

そう言って、涼子は左右の尻たぶにオイルを塗り込み、円を描くようにマッサージをする。

恥ずかしい。けれども、気持ちいい。

お尻をオイルマッサージされる快美感が前にも伝わって、分身がぐんと力を漲らせ、バスタオルを押す。

そのままでは痛いので、ついつい腰を浮かしてしまった。

その隙間《すきま》に、涼子の手がすべり込んできた。

オイルの付着した指で、分身を握られて、

「くっ……！」

郁夫は呻《うめ》く。

何が起きているのか、わからなかった。もちろん、具体的には理解している。

涼子が郁夫の勃起《ぼっき》を、後ろから握り込んできたのだ。

なぜこんな監督夫人に相応《ふさわ》しくないことをしているのか、さっぱりわからないので、物事を完全に認めることができないのだ。

「こんなにカチカチにして……さっきから、ここを大きくしていたわね」

涼子が肉棹を握りしごいてくる。

「ぁああ、やめてください……」

「本当にやめていい？　放すわよ」

「あっ、放さないで」

「どっち？」

「このままで……」

「亀山くん、もしかして童貞？」

涼子がいきなり訊いてきた。

郁夫は事実を言うべきかどうか迷った。だが、ここは何となくウソをつかないほうがいいように感じた。

「……そうです」

「やっぱり……キスとかは？」

涼子は得心顔をしているから、童貞であることはほぼばれていたのだろう。

「……一度だけです」

「一度？　誰と？」

涼子はなぜか執拗《しつよう》に追及してくる。

「高校生のときに、部活の先輩の女子に一度だけ……向こうからしてきたんです」

「そうか……高校生のとき、きみは学校のヒーローだったから、興味があったのね。でも、その先輩はキスがお気に召さなかったのかしらね」

「……わかりません」

「それから、していないの？」

「はい、キス以外も……女性に触れたことがないんです」

「そう……きっと、そういうところだと思う。きみの課題は……仰向けになってもらえる？」

言われるままに、郁夫は体の向きを変えて、仰臥《ぎょうが》した。

涼子がいったん手を離したので、自分の分身がすごい角度で臍《へそ》に向かっているのが見えた。

すると、涼子はベッドを離れ、ドアの内鍵をかけた。それから、戻ってくる。

ベッドにあがる前に、ジャージのズボンを腰を振っておろし、脱いだ。

涼子はシルクタッチの臙脂《えんじ》のパンティを穿《は》いていた。お洒落な刺しゅうが付いていて、腰骨に引っかかっているようなハイレグパンティだ。

ふっくらとした恥丘の形が浮かびあがり、黒い翳《かげ》りがわずかに透け出ているようにも見える。

「このこと、絶対に誰にも言ってはダメよ。わかった?」

涼子に言われて、郁夫は大きくうなずく。

「誰か、この部屋に来る予定はないわよね?」

「はい、もちろん」

「もしノックされても、出てはダメよ」

「はい……」

うなずきながらも、郁夫はこう思っていた。それはつまり、人には言えないことをこれからしようとしているのだと。

涼子は白いTシャツに手をかけて、首から抜き取った。

臙脂の刺しゅう付きブラジャーが、たわわな乳房を押しあげている。

(大きい……!)

目を見張るとはこういうことを指すのだ。

涼子は背中に手をまわし、ブラジャーを外して、抜き取っていく。

（ああ、これが……！）

オッパイがとにかくデカい。よくわからないが、EかFカップはあるのではないか。

しかも、色が抜けるように白くて、青い血管が幾筋も走っているのが透けて見える。

乳暈《にゅううん》も乳首も淡いピンクで、とても三十七歳だとは思えない清新な色をしていた。子供を産んでおらず、授乳経験がないからこんなにきれいな色と形をしているのだろうか？

涼子は左手を横にして左右の乳首を隠し、郁夫の前にしゃがんだ。

それから、覆《おお》いかぶさってきて、胸板にちゅっ、ちゅっとキスを浴びせ、右手で胸板をなぞりながら、言った。

「きみはもっと人生の快楽を知ったほうがいい。そうしたら、走りも生き方も変わってくると思う。禁欲は大切なことよ。でも、きみはその前にまずその悦《よろこ》びを知らなきゃ。快感を知って、我慢することが大切なのよ。わたしも長距離を走っていたから、わかるの。長距離って、その人の生き方が問われるのよ。それは、わたしが夫に言われたことなの。当時の五十嵐コーチに……」

「えっ、涼子さんは監督の教え子だったたんですか？」

「そうよ。コーチだったけど……」

はにかんで、涼子は乳首にキスをし、それから、ゆっくりと舐《な》めてくる。

女の人の温かくて、ぬるっとした舌でなぞりあげられて、ぞくぞくっと快感のようなものが流れた。

3

五十嵐監督の姿が脳裏に浮かんだ。すると、エレクトしていたものが力を失くしていった。

「……どうしたの？」

「すみません。監督のことが……」

「気になって、縮んでしまう？」

「ええ……」

「大丈夫よ。監督は今はもう家で寛いでいるから。わたしは寮の会計チェックで遅くなると言ってあるから。それに、後ろめたさを抱く必要はないのよ。監督とはもうないの……セックスレスなの。それに、監督もわたしも夢はH駅伝出場で、今年は充分にチャンスがあると思っているの。でも、それにはきみが必要なの。そして、きみにはこういうリラックスする時間が、必要なんだと思う。セックスって男性ホルモンのテストステロンを増加させるの。きみにはもっと戦う姿勢を見せてほしい。わたしは、H駅伝出場のためにこういうことをしているの。言っていることはわかるわね？」

大きくて切れ長の目で見つめられると、郁夫は舞いあがってしまう。

「はい……」

「いい子ね。さっさと童貞を捨てましょ」

まさかのことをあっさり言って、涼子が唇を寄せてくる。

セミロングのウエーブヘアが垂れかかってきて、その柔らかな毛先がくすぐったい。それ以上に、涼子の唇は柔らかい。

ちゅっ、ちゅっとついばむように唇を合わせ、赤く長い舌先を出して、ちろちろと唇をくすぐってくる。

それから、唇の間に舌を這わせるので、甘い吐息がかかった。

思わず口を開けると、そこになめらかな舌が潜り込んできた。

静かな吐息とともに、濡れた舌で舌をまさぐられるうちに、その蕩《とろ》けるような快感が下半身にも及び、分身にふたたび血液が流れ込んでくる。

(そうか……大人のキスってこんなに気持ちいいものだったのか)

二十一歳にして初めてのディープキスに、郁夫の股間は反応して、ぐんと頭を擡《もた》げてきた。

そのとき、涼子の右手がおりていって、下腹部のそれを触った。確かめるように触れて、ギンとしてきたのがわかったのだろう、

「ふふっ……また、硬くなってきたわ」

キスをやめて、イチモツを握りしごきながら、じっと上から見つめてくる。

観察されているようで恥ずかしかった。

それでも、大きな目で見つめられ、同時にいきりたっているものをぎゅっ、ぎゅっとしごかれると、頭の芯が痺《しび》れるような快感がうねりあがってきて、ついつい目を閉じていた。

「気持ちいいのね？」

涼子の湿った声が降ってくる。

「はい、すごく……」

「オナニーはしてるの？」

「……はい」

「そのとき、何を思い浮かべているの？」

郁夫はちょっと悩んだが、思い切って事実を言うことにした。

「……恥ずかしいですけど、りょ、涼子さんです」

「いやだわ」

「すみません」

「そうじゃないかって思っていたのよ」

涼子ははにかんで、キスをおろしていく。

（そうか……俺は涼子さんにすべて見透かされていたんだ。童貞であることも。涼子さんが好きで、ひそかにオナペットにしていることも……）

急に恥ずかしくなった。

涼子はいさいかまわず、胸板にキスを浴びせ、乳首を舌先でちろちろちろっと転がす。そうしながらも、下腹部の肉茎をしっかりと握っていて、時々しごいてくれる。

「ぁああ、くうぅ……！」

と、郁夫は奥歯を食いしばって、暴発しそうになるのをこらえた。

すると、涼子は勃起から指を離して、その手で脇腹や太腿を撫ではじめた。そうしながら、郁夫の乳首につづけざまにキスをする。

キスから舐めに移って、乳首に交互に舌を走らせる。

ぞくぞくっとした戦慄《せんりつ》が湧きあがって、郁夫は唸《うな》る。唸りながらも、全身で悦びを受け止める。

顔を持ちあげると、涼子が乳首を舐めながら、じっとこちらを見ていた。

かるくウエーブした髪が垂れさがって、その間から、涼子の大きな目が見える。

赤い舌がいっぱいに出されて、乳首をつるっ、つるっと舐めてくる。

その顔が普段見ている寮母の涼子のきりっとした表情とは違って、大人の女の色気がむんむんとあふれでている。

「気持ちいい？」

目が合っているのを自覚したのか、涼子が訊いてくる。

「はい、すごく」

「いいのよ。いっぱい感じて……感じるほどにテストステロンの分泌が活性化して、走る活力が湧いてくる。今、きみが失っている気力も湧いてくるはず」

涼子が唇を胸板に接したまま言う。

（本当だろうか？　しかし、確かに男性ホルモンが戦う気力を生み出すような気がする。ということは、セックスしていいってことだよな）

涼子のなめらかな舌が臍の周辺を円を描くようになぞり、そのまま下へ下へとすべっていく。

（ああ、そこは……！）

思わず手でそこを覆っていた。すると、涼子はその手を外して、陰毛や鼠蹊部《そけいぶ》などの本体周辺を舌でなぞってくる。

「ぁあああ……くっ！」

本体に温かい息がかかり、それがびくっと反応した。

「すごく敏感……童貞の証拠よね……オスの匂いがする。オスのなかでも、若くて青臭い匂いよ。あらっ、先っぽからシズクが出てるわ」

涼子は屹立《きつりつ》を持って、頭部をじっと見る。

長い舌が伸びて、亀頭部をなぞってくる。

つるっと舌が尿道口の先走りをすくいとっていき、

「あ、くっ……！」

ごく自然に腰が撥《は》ねていた。

「もう……女の子みたい」

涼子は微笑みながら、じっと郁夫の様子をうかがう。そうしながら、舌先で鈴口を細かく刺激してくる。

長くしなやかな指が亀頭部を横から押さえたので、鈴口がぱかっと開いて、そこに舌の先が入り込んできた。

内臓をじかに舐められているような快感で、郁夫はがく、がくと腰を縦にせりあげていた。

涼子はいったん舌を離して、今度は睾丸の付け根からツーッ、ツーッと裏筋を舐めあげてくる。

「くっ、あっ……！」

搔痒《そうよう》感に似た悦びがうねりあがってきて、分身がますます硬くなった。

すると、涼子は裏筋の発着点を集中して、舌で攻めはじめた。

亀頭冠の真裏を舌先で横に撥ね、縦に舐める。

さらに、唾液にまみれたその発着点を指でいじられる。

包皮小帯を円を描くように指でなぞれると、ぞくぞく感がクライマックスに達した。

「ぁああ、ダメです。それ以上は……くうぅぅ」

「いいのよ。出しても……すぐに回復するから。きみは疲労回復能力が高いはずだから」

そう言って、涼子が上から頬張《ほおば》ってきた。

途中まで咥《くわ》えて、余っている部分に指をからませる。

ゆったりと唇がすべり、それとともに指も動く。

(ああ、これは……！)

郁夫は初めて体験する快感に驚きつつも、それに身をゆだねた。

涼子がぐっと包皮を下へとおろすと、若干余っていた包皮が剥《む》きおろされて、その張りつめた亀頭冠の下あたりを、ぷにっとした唇と舌で撫でさすられると、えも言われぬ快感が押しあがってきた。

自分でしているときよりもはるかに気持ちいい。レベルが違う感じだ。

顔を持ちあげると、よく見えた。

涼子は腹這《ば》いになって、郁夫のペニスを頬張っている。

ぷりんとした尻が持ちあがって、ハート形の切れ込みがはっきりとわかる。そして、涼子はたわわな乳房を下に向けて、いきりたつものを頬張り、根元を握りしごいてくる。

(俺は今、オナペットだった涼子さんに実際にフェラチオしてもらっている！)

涼子は根元をつかんで包皮を完全に引きさげ、緊張しきったカリのすぐ下を、

「んっ、んっ、んっ……」

つづけざまに、唇で擦ってくる。

ジーンとした快感が上昇してきた。すると、涼子は今度は逆に亀頭部を咥え、余った部分を握って、連続してしごいてきた。

これは効いた。

「ぁああ、ダメだ。出ます！」

ぎりぎりで訴えると、涼子は髪をかきあげながら郁夫を見て、こくりとうなずく。

出していいということだろう。さっき涼子は、射精してもすぐに回復すると言っていた。

涼子が唇をすべらせながら、同じリズムで茎胴を握りしごいたとき、射精前に

感じるあの切羽詰まった感覚が急激に込みあげてきた。

「ダメだ。出ます！」

訴えた。涼子は出していいのよ、とばかりに連続して、指と唇をすべらせる。

熱い塊《かたまり》が押しあがってきた。もう我慢できない。

「イキますよ。イキます……おぉあああ！」

「んっ、んっ、んっ……！」

涼子に激しくしごかれたとき、郁夫はついに限界を迎えた。

「うぁあああ……おっ、あっ……」

吼《ほ》えながら、放っていた。

気持ち良すぎて、脳天が爆発しているようだ。

どくっ、どくっと間欠泉のようにあふれるものが、涼子の口腔を打っている。

何度もつづいた爆発が止み、郁夫ははあはあと荒い息をこぼす。

涼子が肉棹を吐き出して、こくっ、こくっとかろやかに喉を鳴らしているその
音がはっきりと聞こえた。

4

（ああ、すごい！　涼子さんが呑んでくれた！）

もちろんＡＶで見たことはある。実際にそれを目の当たりにすると、申し訳ないような気がして、涼子さんのためなら、何だってやってやるという気持ちになる。

そして、驚いたのが、射精したにも関わらず、イチモツがいまだ硬さを保っていることだ。

普段なら、ふにゃっとなってしまうのに。

いまだに勃《た》っているそれを見て、

「すごいわね。出したのに、まだこんなに元気……ひょっとして亀山くん、セックスでも無尽蔵のスタミナの持ち主なんじゃないの？」

涼子が目を丸くした。それから、言った。

「次は、きみがわたしをかわいがってほしいの……できそう？」

「もちろん……でも、自信がありません」

「わかったわ。じゃあ、わたしが教えるから、やってみて……」

そう言って、涼子がベッドのバスタオルの上に仰向けに寝た。

じっと下から見あげて、

「本当はキスしてほしいんだけど、今、わたしの口にはきみの精液が付いているから、やりたくないよね？　胸にキスできる？　いいのよ、好きにして。きみもAVとか見てるでしょ？　して……」

涼子が訴えてくる。大きな目がさっきとは違って、潤んでとろんとしていて、その明らかに光沢《こうたく》を増した瞳がすごくいやらしかった。

郁夫はおずおずと乳房をつかんだ。

（ああ、柔らかすぎる……）

揉めば揉むほどに肉層が沈み込み、その感触が心地よい。

むにむに揉んでいると、薄いピンクの乳首がせりだしてきた。そこにキスをしたくなって、静かに唇を近づけた。

そっと突起にキスをすると、それだけで、

「あんっ……！」

涼子がびくんとしたので、郁夫もびっくりしてしまった。

こんなのはＡＶの世界だと思っていた。だが、違った。現実でも女性はこんなに激しく反応するのだ。

股間のものがさらに硬くなって、郁夫の背中を押してくる。

乳房をつかむ指に思わず力がこもってしまう。ぐいぐいと揉みながら、乳首を舐めた。

初めてだから、どうしていいのかはっきりとはわからない。だが、ＡＶでだいたいは学んでいる。

思いつくままに上下左右に舌を打ちつけた。そうしながら、たわわなふくらみをぐいぐい揉むと、

「ぁあああ、気持ちいい……上手よ」

涼子が褒《ほ》めてくれた。しかし、すぐに、

「そんなに強く揉まなくていいのよ」

と言われて、がっくりした。しかし、そのすぐあとで、

「でも、気持ちはわかるわ。オスを感じる、あなたに。素敵よ」

そうフォローされて、郁夫は自信喪失に陥《おちい》らずに済んだ。

やはり、涼子は男を傷つけない人だ。

郁夫は揉む力を弱めて、静かにすくいあげる。そうしながら、乳首を舐めしゃぶっていると、乳首がどんどん硬くしこってきた。

(そうか……乳首ってペニスと同じで、刺激すると勃起して、カチンカチンになるんだな)

郁夫がひたすら舐めしゃぶっていると、涼子が言った。

「上手よ。でも、指を使ってもいいのよ。片方を舐めながら、もう片方を指でかるく捏《こ》ねてみて」

「はい……」

郁夫が言われたようにもう片方の乳首を指でくにくにと捏ね、こちら側の乳首を丹念に舐めると、涼子の感じ方が明らかに変わった。

「ぁああ、いいの……それ、素敵……感じる。感じる……ぁあああ、上手よ。亀山くん、上手……ぁああ、気持ちいい。おかしくなる。わたし、おかしくなる。ねえ、触って、あそこを触って」

懇願《こんがん》するように言って、涼子は下腹部をぐぐっ、ぐぐっとせりあげた。

びっしりと密生した長方形の翳りがここに触って、とばかりに、持ちあがってくる。

監督の妻であり、我々の寮母であり、良き理解者の五十嵐涼子が、日頃の生活では信じられないような卑猥《ひわい》な動きで、せがんでくる。

たまらなくなって、郁夫は右手をおろしていく。

陰毛は野性的な見た目とは違って、すごく柔らかくて、触っているだけでも指が気持ちいい。

乳首を舐めているから、じかに見ることはできない。手さぐりで繊毛《せんもう》の奥へと指を伸ばす。

と、潤みきったぬるっとした部分が指に触れて、

「あんっ……！」

涼子はがくんと顎を突きあげた。

（こ、こんなになるんだ……！）

初めて触れる女性器は、想像していたよりはるかにぬるぬるで、その湿地帯の中心に触れたとき、ぐちゅっと指が何かに沈み込み、

「くっ……！」

涼子がピーンと両足を伸ばした。

（ああ、すごい……ちょっと触っただけなのに、自然に指が吸い込まれてい

く！）

中指の腹のほうが泥濘《ぬかるみ》に半分埋まるくらいのところで、止まった。

「ぁあぁ、亀山くん……指を動かして……かるくさするだけでいいのよ」

涼子が自分から下腹部をせりあげてきた。

郁夫は乳首から口を離して、体の位置を下へとずらし、指先に神経を集中させる。

かるくさすると、指がにゅるにゅるとすべって、泥濘を押し開いていき、

「ぁあぁ、あああ……気持ちいい。亀山くん、気持ちいいわ……上手。すごく上手……ぁあぁ、我慢できない。舐めてもらえる？」

涼子が翳りを持ちあげて、せがんでくる。

（クンニだな。クンニすればいいんだな）

郁夫はすらりとした足の間にしゃがんだ。すると、涼子が自分で両膝を持って、開いてくれた。

野性的に繁茂《はんも》した翳りの底に、女性器が艶やかな姿を見せている。

（ああ、これが……！）

もちろん、無修正の映像では見たことはある。しかし、実際に目の当たりにす

るのはこれが初めてだ。

周囲の陰毛がきれいに剃《そ》られていているせいか、すごく清潔感があって、しかも、着色が少なくて、左右対称のきれいな形をしていた。

想像よりずっとふっくらとして、肉びらがゆるやかに褶曲《しゅうきょく》しており、ふっくらとした土手高《どてだか》の恥丘から深い切れ込みがあって、そこは濃いピンクにぬめ光っている。

(なかは、こんなにきれいな色をしているんだな)

吸い寄せられるようにその狭間《はざま》を舐めていた。粘膜を舌でなぞっていくと、

「ぁあああ……」

涼子は気持ち良さそうに喘《あえ》ぎを長く伸ばした。

(すごい。感じてくれている!)

郁夫はつづけざまに狭間を舐める。すると、口に手を添えて、声を押し殺しながら喘いでいた涼子が言った。

「クリちゃんってわかる?」

「ええ、はい……」

「そこを舐めて……女性がいちばん感じるところなの。わたしもそこがいちばん

感じるのよ。すごく敏感なところだから、宝物を扱うようにしてね」

「はい……」

ついにクリトリスを舐めるられるのだ。

昂奮を抑えて、笹舟形をした女陰の上方にあるぽちっとした突起に舌を届かせる。

おずおずと下から舐めあげると、やや硬い突起の感触があって、

「ぁあああ、そこ……いいわ。上手よ。上のほうを指で引っ張ると皮が剝けるから、じかに舐めてもいいのよ」

涼子が言う。依然として、自分で両膝を持ったままだ。

郁夫は言われたように、上のほうを指でぐっと引きあげてみた。すると、つるんと帽子が脱げて、濃いピンクの本体が現れた。

こんな小さなところに、女性の性感帯が密集しているなんてウソみたいだ。

教えられたことを思い出して、宝物でも扱うように丁寧に舐めた。上下にゆっくりと舌を這わせ、左右に小刻みに舌をつかった。

すると、小さかった肉芽がどんどん大きくなっていくのが、はっきりとわかった。そして、涼子は両手でシーツを鷲づかみにして、

「あっ、あっ、あっ……ぁあああ、亀山くん、欲しい。亀山ちんのおチンチンが欲しい」

潤みきって熱に浮かされたような瞳を向けて、訴えてきた。

5

猛烈に入れたい。だが、その前にどうしても再確認しておきたいことがあった。

「いいんですね、監督のことは？　気にしなくていいんですね？」

「気にしなくていいのよ。このことはきみが口にしない限り、絶対にばれない。わたしだけの秘密にしましょ」

涼子の言葉が、郁夫に残っていたわずかなためらいを捨てさせた。

これから、自分は男になる。五十嵐涼子に童貞を捧げるのだ。

「入れて、欲しい」

そう言って、涼子はふたたび両手で膝をつかんでひろげて、挿入しやすくしてくれる。

涼子の膣がひろがって、内部の粘膜がのぞいていた。

濃いピンクが見えて、そこはすでにぬるぬるに潤んで、粘液がしたたり落ちている。

郁夫はいきりたつものを指で導いて、そっと押し当てる。

さっきまで膣は見えていたのに、いざ押し当てると、結合部分が隠れてしまう。

（いや、大丈夫だ！）

不安な気持ちを抑えて、押し込んでいく。

挿入したつもりが、ちゅるっとすべって弾かれた。

（ああ、くそっ……！）

もう一度試みるものの、やはり、切っ先がすべってしまう。

きっと分身がギンギンになりすぎていて、上に反《そ》り返ってしまっているから、上手く入らないのだ。

そのとき、涼子の右手が伸びてきて、郁夫の勃起を導いた。

「いいのよ、このままで……来て、大丈夫だから」

涼子が落ち着いた顔でうなずく。

思い切って体重を乗せると、切っ先がとても狭い入口を突破していく確かな感触があって、

「はうぅぅ……！」

涼子が顔を大きくのけぞらせた。

「あ、くっ……！」

と、郁夫も奥歯を食いしばっていた。

（ああ、これがオマ×コか……すごすぎる）

とにかく温かい。そして、温められたゼリー状のものに包み込まれているこの安心感と悦び――。

しかも、粘膜がざわめきながら分身を締めつけてくる。屹立をくいっ、くいっと奥へと誘導しようとする。

「こっち へ……わたしを抱いて、ぎゅっと」

涼子が足を放して、両手をひろげた。

郁夫は覆いかぶさっていき、上から涼子の肩口から手をまわして抱き寄せる。

唇へキスしようとすると、

「ダメっ……きみは自分の精子を舐めることになるのよ。そういうことはさせたくないわ……口はいいから、他のところにキスして……」

涼子が言った。

自分のことを気づかってくれているのだと思った。

確かに、涼子の息はわずかに生臭いザーメンの匂いが残っている。

口は避け、ゆるやかにウエーブした髪がまとわりつく髪を押し退《の》けて、顔面にキスをする。キスをおろしていって、顎《あご》から首にかけてキスをした。

すると、涼子は「ぁあん……」と顔をのけぞらせ、ほっそりした首すじを引き攣《つ》らせる。

「あ、ぐっ……！」

郁夫は動きを止めて、膣の食いしめをこらえた。

どうにか射精しないで済んだのは、さっき口内発射したからだろう。あれがなければ、きっと今ので洩らしていた。

必死にこらえながら、首すじにキスをして、腰をつかった。

「ぁああ、気持ちいい……すごい、すごい……あん、あん、あんっ」

涼子が喘いだので、郁夫は自分に自信が持てた。

声を押し殺しているのは、隣室や廊下に声が洩れないようにしているからだろう。涼子が言った。

「ねえ、オッパイにキスをして。挿入したままできるでしょ？」

「ああ、はい……やってみます」

郁夫は下半身でつながったまま、猫背になって、眼下の乳房をやわやわと揉んだ。しっとりと湿った乳肌は柔らかくしなって、揉むほどに指に吸いついてくる。

郁夫はこれまでこんなに気持ちいいものに触ったことがなかった。

だが、中心の突起だけは硬くしこっていて、周囲の沈み込むような柔らかさと較べて、そこだけが異質だった。

（どんどん。硬くなってくる……）

郁夫は顔を寄せて、ちゅっとキスをする。窄《すぼ》めた唇をかるく押しつけるだけで、

「あっ……！」

涼子はびくっとして、膣も同じようにぎゅっと分身を締めつけてくる。

「あ、くっ……！」

奥へと引き込まれそうな快感に、郁夫は唸る。必死にこらえながら、乳首を舐めた。

唾液にまぶされて、淡いピンク色にぬめ光る乳首のいやらしさ……。涼子の教えを思い出して、右の次は左と乳首を変えながら、舐め転がして、吸う。

それをつづけていると、涼子はどんどん感じてきて、

「ぁあああ、気持ちいい……亀山くん、気持ちいい……すごいよ、すごい」

さっきまで童貞だった自分が、挿入しながら乳首を舐めるなんてことができているのが、どこか不思議でもあった。

「ぁああ、イキたくなった。ねえ、動かして、おチンチンを」

「はい……」

郁夫は上体を起こして、膝をつかんで開かせ、連続して腰を叩きつけた。

「そうよ、そう……あん、あんっ、あんっ……ぁああ、気持ちいい……気持ちいい……」

涼子は喘ぐように言って、両手でシーツを鷲づかみにした。

シーツが皺《しわ》になって、それが涼子の快感を現しているようで昂奮した。

だが、涼子はそこからなかなか高まらなかった。

おそらく、自分が下手くそでいいところに当たっていないのだろう。

「わたしが上になるわ」

そう言って、涼子は下から抜け出し、郁夫を仰向けに寝かせて、またがってきた。

向かい合う形で下腹部をまたいで、蜜にまみれた唇柱を翳りの底に擦りつけて、

「ああああ」と喘ぐ。

蹲踞（そんきょ）の姿勢になって、いきりたちを擦りつける姿は、日頃見ている監督の妻とは違って、完全な『女』だった。

前後に振られていた腰が、まっすぐにおりてきた。

亀頭部が窮屈なとば口を割って、ぬるぬるっと嵌《は》まり込んでいき、

「はうぅ……！」

涼子が上体を一直線になるまで伸ばした。

その状態でのけぞりながら、かるく腰を揺する。

両膝をぺたんとバスタオルに突いたまま、腰をゆったりと前後に揺すって、濡れ溝を擦りつけては、

「ぁあああ、あああ……いいのぉ」

顎を突きあげる。

（ああ、これが涼子さんの夜の顔なんだ……！）

垂れ落ちた髪の流れ、のけぞった首すじの悩ましいライン、たわわな乳房と尖《とが》った乳首、くびれたウエストから急激に張り出したヒップ——。そのすべてが、郁夫をクライマックスへと押しあげる。

やがて、涼子は両足の膝を浮かして立たせ、後ろに手を突いた。

（ああ、これは……！　丸見えだ！）

郁夫は目の前の光景をしっかりと網膜に焼きつける。

涼子が大きく足を開いている。そして、野性的な漆黒《しっこく》の翳りの底には、猛々しいイチモツがほぼ根元まで埋まり込んでいた。

これは自分のおチンチンなのだ。監督のものではない。間違いなく郁夫の男性器なのだ。

「ぁああ、あああぁ……気持ちいい。きみのがぐりぐりしてくるのよ。なかをぐりぐりしてくる……ぁああ、いや、恥ずかしい。止まらないの。腰が勝手に動くぅ……」

そう言って、涼子は激しく腰を前後に打ち振った。

そのたびに、肉棹が見え隠れして、郁夫もその強烈な摩擦に一気に高まっていく。

「気持ちいい？」

「はい……すごく」

「いいのよ、出しても……わたしはピルを飲んでいるから、大丈夫。だから、出してもいいのよ。出したいでしょ？」

「はい……！」

息せき切って答えると、涼子が上体をまっすぐに立てた。

それから、少し前屈みになって、両手を胸板に突き、腰を縦に振りはじめた。ぎりぎりまで振りあげて、そこから落とし込んでくる。

根元まで呑み込んでところで、ぐりん、ぐりんと腰をグラインドさせて、屹立を揉みしだいてくる。

（ああ、こんなことまで！）

涼子の貪《むさぼ》るような腰づかいがエロかった。それ以上に、屹立を揉みしごかれる快感が急速にひろがっていった。

「あんっ……あんっ……！」

涼子は腰を落として喘ぎ、そこで捏ねるように腰をまわし、また引きあげていく。

それを繰り返されると、郁夫の性感もぎりぎりまで高まってしまう。

「ああ、出そうです」

「いいのよ、出して……わたしもイキそうなの。きみも突きあげていいのよ。そうしたら、イキやすくなるでしょ？」

郁夫は涼子が腰を落とす瞬間を見計らって、ぐいと腰をせりあげた。すると、ギンギンの屹立が膣にずぶりと突き刺さっていき、

「ぁあん……！」

涼子ががくんと顔を撥ねあげた。

亀頭部が降りてくる子宮口にぶち当たったのかもしれない。

「すごいわ……響いてくる。頭の芯まで響いてくる……イキそう。そんなことされたら、イッちゃう……いいのよ、つづけて……あん、あんっ、あんっ……」

涼子が腰を落としてくる瞬間に、郁夫は下から突きあげてみる。

脳天に響きわたるような快感が生まれて、郁夫もどんどん追い込まれていく。

「あん、あん、あんっ……ぁああ、イキそう。わたし、イクよ……イクよ。きみも出して……ちょうだい。出して……ちょうだい！」

「ぁあああ、俺も……」

もう涼子は腰を上げ下げすることもできずに、ただ蹲踞の姿勢を取っている。

郁夫がそこ目がけて、砕けろとばかりに激しく叩き込んだとき、

「ぁああ、すごい……来る、来る、来る……イクわよ……いやぁああああ

あぁぁぁぁぁ……くあっ！」

涼子は外に洩れないように両手で口をふさぎながら、がくん、がくんと躍りあった。

（よし、出していいんだ！）

涼子が絶頂を極めたのを見届けて、駄目押しとばかりにぐいと下から突きあげたとき、郁夫も放っていた。

「ぁあああ……！」

思わず声が出た。

初めてだ。女性のなかに自分の精液を注ぎ込むのは。

しかも、相手は憧れの女性である監督夫人なのだ。

（最高だ。最高すぎる！）

郁夫は心行くまで精液をしぶかせる。

今日二度目の射精を終えたときには、郁夫はさすがに精根尽き果てて、ぐったりして微塵も動けなかった。

第二章　女子マネージャーとの目眩くとき

1

朝練でジョギングしながらも、郁夫は足の運びがかるくなったような気がしていた。

(俺はついに男になった。しかも、憧れの女性に童貞を捧げたのだ)

昨日は予選会のメンバーに選ばれず、闇の底に突き落とされた感じだった。なのに、その夜、涼子を抱いてからは、自分でもびっくりするくらいに回復した。

もちろん、自分が予選会のメンバーに落ちたという事実は変わらない。自分がスランプだということも……。

だが、涼子は郁夫がオーバートレーニングだから記録が出ないのだという分析をしてくれた。しかも、監督が今回郁夫を選ばなかったのは、オーバーワークのときに無理をして走ったら、完全に燃え尽きてしまうから、それを未然にふせぐためだということを涼子に教えてもらった。

原因がわかるというのは、すごいことだ。走りすぎないようにすればいいのだ。

一気に気持ちが楽になった。

それ以上に、今、郁夫がうきうきしているのは、自分が女を知ったからだ。二十一歳といういささか遅すぎる童貞喪失だった。

しかし、ここまで童貞を守ってきたからこそ、自分は五十嵐涼子という最高の人妻に、童貞を卒業させてもらえたのだ。

早朝練習はそれぞれがメニューを与えられていて、各自が自由にやる。何人かの選手とジョギングしていると、そばにジャージの上下を着た女子がやってきた。髪をハーフアップにした彼女のたわわなオッパイが走るたびに揺れて、どうしても視線が行ってしまう。

女子マネージャーの中西《なかにし》千里《ちさと》だ。

陸上部の長距離部門はとくに女子マネージャーが多い。全学年で十人もいる。千里は二年生で、二十歳。笑うと八重歯がかわいいアイドル系女子で、女子マネのなかでは選手たちのいちばん人気だ。

目はぱっちりと大きく、胸も大きい。高校生のときはチアガールをしていたらしく、性格も素直で明るく、喋り方もはきはきしている。

千里は少しぽっちゃりなのを気にしていて、時間があるときは朝練に参加してグラウンドを走る。

朝食前に走るのは、脂肪燃焼につながって、ダイエットには最適であることをわかっているのだ。

その千里が近づいてきて、

「よかったです。お元気そうで」

話しかけてくる。

「えっ？」

「昨日の今日だから……」

そう言って、千里はハッ、ハッと息を弾ませ、たわわすぎるオッパイをぶるん、ぶるんと揺らせる。

「メンバーから洩れたってことか？」

郁夫は彼女にスピードを合わせて、言う。

「……わたし、すごく心配してたんですよ。本当は昨日励ましたかったんだけど、見るからに落ち込んでる先輩見て、声かけられなかったんです」

千里が郁夫を『先輩』と呼ぶのは、出身高校が一緒だからだ。

郁夫は彼女とスピードを合わせるのも難しく、また体も温まったので、ストレッチに移る。

郁夫は体が硬いから、柔軟性を養わないと、故障する。したがって、ストレッチングはつねに取り入れている。

トラックの内側の芝生にマットを敷いて、ストレッチをしようとすると、

「手伝います」

千里が寄ってきた。

「ああ、ありがとう。助かるよ」

ペアストレッチは郁夫のように体が硬い者にはとても効果がある。

これまでも、女子マネージャーが選手とペアストレッチをすることは多かったから、人目を憚《はばか》ることでもない。

だが、千里を相手にするのはこれが初めてだ。

郁夫のメンバー落ちでの落胆を気にかけてくれているのだろう。

長距離部門のストレッチのルーティンはだいたい決まっている。

郁夫はストレッチ用マットに仰向けに寝る。

すると、千里がその伸ばした両足の足首をつかんで、ブラブラさせてリラックスさせる。

こうすると、おチンチンも微妙に揺れる。

郁夫はだぼっとしたジャージの上下を着ているから、イチモツが多少大きくなっても目立たないはずだ。

次に千里は、郁夫の右足の爪先を持ち、膝をつかんで、膝をぐるぐるとまわす。

左足の膝が浮かないように、千里は右足で膝を上からかるく押さえつけている。

（うん、どこかで見たような？　そうか、昨夜の涼子さんがこんな体位で……）

昨夜、涼子が上になって腰を振ったその光景を思い出していた。

女性が自分の下半身の近くにいて、少し屈んでいる。

涼子と千里とでは顔が違う。涼子は美人系で千里はかわいい系だ。

それでも、はだけたジャージの上着からのぞいた大きな胸のふくらみを見たとき、ついつい涼子と重なって、あれが力を漲らせる気配がある。

（ダメだ。おさまれ！）

自分に言い聞かせる間も、千里は郁夫の足をぐるぐるとまわし、次は左足も同じようにぐるぐるする。

膝関節が柔らかくなっていく。

しかし、逆にあそこは硬くなっていく。

余裕あるジャージズボンを穿いているが、これ以上勃起したら、完全に察知されてしまう。

「いいよ、これはもう……」

「ええ……もう、ですか？」

「ああ……ちょっと膝が痛いんだ」

「じゃあ、座ってください。股関節なら大丈夫でしょ？」

「ああ、わかったよ」

これから、千里は背後にまわるから、股間のふくらみは見えないはずだ。

郁夫は胡座《あぐら》をかくように座り、両方の足の裏を合わせ、自分の体に引き寄せる。

千里は両方の膝頭に手を添え、背中に胸を当てて、ぐっと押してきた。

もともと硬い股関節が悲鳴をあげる。

だが、それ以上に郁夫は素晴らしい感触を味わっていた。千里のデカパイがむぎゅうと背中に押しつけられたからだ。

（ああ、これは……！）

これまでにも、女子マネにストレッチを手伝ってもらったことはある。そのときは、これほどの豊かな弾力は感じなかった。

やはり、これは千里の胸がデカすぎるからだろう。

昨夜の涼子のたわわな乳房の感触を思い出して、またまた股間のものが硬くなっていく。

（マズい、マズいぞ！）

上から押さえつけられながら、ちらりと周囲をうかがった。幸い、近くには選手はいない。

「先輩、思ったより硬いですね。こんなことじゃ、故障しちゃいますよ」

そう言って、千里が膝をつかむ手と胸に力を込めた。

リズムをつけて、ぐい、ぐい、ぐいっと押さえつけられると、大きな胸のふくらみも弾みながら背中を押してきて、郁夫のそれはますます大きくなってしまう。

だが、幸いにしてこの姿勢はズボンの股間部分が上着で隠れていて、見えていないはずだ。

「じゃあ、今度は足をまっすぐにしてください」

千里に言われて、郁夫は左右の足を伸ばす。

すると、千里はその太腿に手を当てて、のしかかるように、ぐいぐい押してくる。

今度はさっきより体重が乗っていて、そのぶん、オッパイが背中でむぎゅうと潰《つぶ》されて、その柔らかくてたわわな感触がはっきりと伝わってくる。

しかも、千里はリズムをつけて、背中の乳房を上下に擦りつけてくるのだ。

(ひょっとして、わざとやっているんじゃないか?)

絶対にそうだろう。

千里はすでに二十歳で、何も知らない少女ではないのだ。自分の肉体の威力を自覚していないはずがない。

困惑しながらも、あそこは怒張《どちょう》しつづける。

最後に、郁夫は足を閉じてまっすぐに伸ばし、手で爪先をつかんだ。

すると、千里は後ろ上から、ぐっと全体重をかけて胸で背中を押してくる。

さっきよりオッパイが潰れて、ひろがっているのがわかる。

しかも、千里の両手は郁夫の膝にあてがわれている。

この段階で、イチモツはぱんぱんに張りつめていて、もう少しで千里の手が勃起に触れてしまいそうで、郁夫はドキドキしてしまう。

「イチ、ニイッ、サーン……イチ、ニイッ、サーン……」

千里は掛け声をかけながら、ぐーっ、ぐーっと胸で押してくる。

体の硬い郁夫は心のなかで悲鳴をあげながらも、そのたわわな胸をどこかで味わってしまっている。

（マズい。あれが……）

昨日の今日ということもあるのか、勃起の先端から先走りの粘液が滲《にじ》んできて、ブリーフを濡らすのがわかる。

「い、いいよ。ありがとう」

言うと、千里が背中から胸を離した。それから、

「わたしもストレッチしたいんですけど、先輩、手伝ってもらえますか？」

うふっと真っ白な歯をのぞかせる。

周囲を見まわした。部員たちはジョギングを終えて、それぞれがトラックで、『ハイニー』や『ストライディング』をして、脚力の強化をしている。

これまでなら、自分もと焦るところだが、オーバートレーニングを戒《いまし》めるように言われているのだから、今の自分にはストレッチのほうが相応しい。

「……わかったよ」

郁夫が言うと、

「よかった……わたし、すごく身体《からだ》が硬くて、ダメなんです」

千里がマットに上に仰向けになって、下から大きな目でじっと見あげてくる。

（かわいいな……！）

見入りそうになって、いや、何を考えているんだ、と自分を戒める。

自分は昨夜、五十嵐涼子に男にしてもらった。

なのに、一晩経って、他の女の子をかわいいと感じてしまう自分を、とても浮気性のように感じていやだったのだ。

ここはたんたんとストレッチをこなそうと、千里の右足の爪先を持ち、膝を支えて、大きくまわす。

（ああ、これは……！）

千里はジャージズボンを穿いているのだが、その足が回転するたびに、膝が開いて、股間をさらすような形になる。

そうすると、昨日、涼子を抱いたせいもあって、ついつい自分が上になって、正常位でセックスしてるような気持ちになってしまう。

（ダメだ。また、股間が……！）

早く済ましてしまおうと、足を替えた。

左足を同じように膝からまわしていると、股間に何かが押しつけられているのを感じた。

ハッとして見ると、それは靴を脱いだ千里の爪先だった。

靴下の爪先がちょうど郁夫のジャージズボンの股間のふくらみに触れていて、しかも、その親指が動いて、ズボン越しにイチモツを撫で撫でしてくるのだ。

（これは……！）

見ると、千里は下から郁夫を見あげていた。

そのつぶらな瞳がじっと郁夫に向けられている。

（やっぱり、千里はすべてわかっていて、俺のあそこを……！　何て女だ。何て……ぁああ、だけど……）

郁夫は周囲を見渡して、人の視線を確認した。

（大丈夫だ。誰も見ていない……）

郁夫は千里の膝をぐりぐりとまわす。意識的に外に開かせてみた。

すると、千里は爪先で股間の勃起を触りながら、

「あっ……あっ……」

まるでセックスしているときのような艶めかしい表情をするのだ。

(ああ、ダメだ。このままつづけたら……)

郁夫はさっさと終わらせようと、千里の右足を肩に担ぐようにして、手で膝を引き寄せて、まっすぐに伸ばす。大臀筋《だいでんきん》を伸ばすためのストレッチだ。

そうしながら、もう片方の足が浮かないように膝で押さえているので、ますます正常位に似てきてしまう。

しかも、千里はうるうるとした瞳で見あげてくるのだ。

確か、体位で女性の片足を立てて挿入するものがあったはずだ。

(マズいな、これは……!)

ジャージのなかで分身がグンと頭を擡げてきている。

ふと見ると、千里は明らかにそのふくらみを見て、微笑んでいるではないか。

完全に勃起してしまっていることを悟られてしまっている。

(早く終わらせてしまおう!)

郁夫は反対側の大臀筋を同じように伸ばし、次は内転筋のストレッチに入る。

千里の右足をくの字に曲げさせて、膝と反対側の腰骨に手を当てて、ぐいぐいと外に開くように押す。

と、千里がなぜか下腹部を持ちあげたので、ジャージに包まれた股間のふっくらとした形が浮き出てきた。

それから、千里は左足も曲げて、

「すみません。両膝を押してください」

かわいらしく言う。

（いや、それはマズいだろう……しかし……）

郁夫はもう一度周囲を見まわして、二人を見ていない者がいないことを確かめて、左右の膝をつかんで、上から押さえつける。

リズムをつけて押すと、くの字になった膝の外側がマットにつきそうなほどにひろがって、

「んっ……んっ……んっ……」

足を開かせるたびに、千里が小さな声を洩らすので、郁夫のイチモツはもう完全にいきりたってしまった。

昨夜の涼子とのセックスを思い出して、ついつい千里の顔とふっくらとした土手高の局部を交互に見てしまう。

（どういうつもりだ……俺を誘っているのか？　やってほしいのか？）

カエルの足みたいにくの字に開いた足を押さえつけて開いていると、まるで疑似セックスをしているような錯覚に襲われた。先走りの粘液がじんわりと滲んだとき、

「中西さーん、ちょっと！」

女性の声がした。

見ると、四年生のマネージャー・リーダーである田井中望美《たいなかのぞみ》が、千里を手招いていた。

「行けよ！」

郁夫が言うと、

「はーい、今、行きます！」

千里は立ちあがって、田井中めがけて走っていった。

2

三日後は、陸上部の全体練習は休みだった。

基本的に陸上部の全体練習は朝練習と、授業の終わった午後四時半から七時まで行われる。

今日は寮での夕食は出ないから、部員も自由に外出できる。

そして、郁夫は外の居酒屋で、中西千里と夕食を摂《と》っていた。

朝練のあとで、千里から『今度の練習休みの日に、一緒に外食しませんか？』とメールが届いた。

最初は保留にしておいた。

もしかしたら、涼子と二人きりで逢えるのではないか、と思ったからだ。

実際にメールで誘いもした。

しかし、涼子から返ってきたメールには、『ゴメンなさい。その夜は主人と一緒に出かけるから無理なの。ゴメンね』と書いてあった。

それならしょうがないと思った。

涼子はあの夜の翌日からも、たとえば食堂で目が合っても、郁夫にだけわかるくらいの小さな笑みを返してくれる。また、廊下ですれ違う際にも、

「大丈夫？　無理しちゃダメよ」

「焦らないで。今はゆっくりと体力を回復させてね」

と、やさしい言葉をかけてくれる。

今も涼子が好きだ。ますます好きになった。もしまた機会があって、涼子の許しが出たら、またアレをしたい。

だが、涼子に誘いを断られて、千里からもう一度『落ち込んでいる先輩を励ましてあげたいんです』と誘いのメールをもらうと、ついつい応じていた。

少しだけ羽目を外したいという気持ちもあって、千里を居酒屋に誘った。

ここは大学からも寮からも離れていて、まずS大学生や陸上部のメンバーは来ないから二人きりでも安心して飲食できる。

案内されたのは、桟敷《さじき》席の個室だった。

ここは鍋物の美味い店だから、ビールを頼んでから、水炊きを注文した。

アスリートはたとえ酒を呑むときにも、栄養のバランスを考える。

水炊きは主に白菜と鶏肉だから、体にいい。

千里はまだ二十歳になって半年だが、酒はいける口だと言うので、ビールを勧めた。すると、千里は生ビールをジョッキでこくっ、こくっと呑んでは、

「美味しい……！」

嬉々として言う。

ハーフアップの髪がアイドル系の顔によく似合い、清楚さと明るいエロスがこぼれでている。

「すごいな。まさか、未成年から呑んでいたんじゃないんだろうな」

「そんなぁ……ちゃんと二十歳になってからお酒デビューしてますよ」

「……すごく呑みっぷりがいいからさ」

「それは……先輩を元気づけようとしているからですよ。目の前に明るい女の子がいたほうが気持ちがいいでしょ？」

「まあ、それはな……」

やはり、千里は郁夫を元気づけようとして、夕食をともにしてくれているのだろうか？　しかし、それなら、この前の朝練のストレッチでの胸の押しつけは？　あれも自分を元気づけようとしてくれたんだろうか？

すぐに、水炊きが来て、千里が鍋を作りはじめる。

ぐつぐつ煮た水炊きの白菜や鶏肉を、ポン酢醤油で食べると、これが抜群に美味しい。

鶏肉だから、余分なコレステロールはないし、筋肉にもいい。白菜もビタミンが豊富に含まれている。

千里も元気一杯に食べている。

ビールも相当量入っているし、温まる鍋を食べているということもあるのだろう。色白の肌がところどころ桜色に染まっている。ノースリーブのニットワンピースを着ているので、健康的な二の腕も仄《ほの》かに赤らみ、深く切れ込んだ襟《えり》元からたわわなふくらみがのぞいている。

よく見えないが、きっと下から覗いたら、ミニ丈の裾《すそ》からむっちりとした太腿が奥まで見えるに違いない。

「先輩、この前から何か、感じが変わりましたね。何かあったんですか？」

突然、千里が訊いてきた。

「予選会のメンバーに洩れて、見るからに落ち込んでたじゃないですか？　それなのに翌日になって、がらっと変わった。あの晩に、何かあったんですか？」

鋭いところを突いてくる。

実際にあった。監督夫人に励まされ、童貞を捧げた。

しかし、それは絶対に言えない。

「いや、何も……ただ、洩れた理由を聞かされたから、それで納得がいったというか……変わったのは、そのせいじゃないか？」

「その理由は何ですか？」

「……簡単に言うとオーバートレーニングだな。つまり、俺はみんなに隠れてこっそりと走っていたから、その分、余計だったらしい。だから、少しリラックスして、休めって言われた。人生の様々な愉しみも覚えろとも」

「先輩、真面目すぎるんですよ」

「まあ、自分じゃわからないけどな」

千里がぐっと身を乗り出してきて、言った。

「わたし、先輩が同じ高校出身ということもあって、ずっと応援しているんですよ。だって、高校生のとき、すごかったじゃないですか？　うちの高校のヒーローだったし……それで、洩れたとき、すごく悔しくて……だから、とにかく先輩にはもっと頑張ってほしいんです」

千里の言葉は心からうれしい。だが、Vネックのニットからたわわなふくらみと深い谷間が見えていて、目のやり場に困った。

それから、二人は母校の高校の話で盛りあがった。

愉しい時間だった。

これまでは女の子と二人で飲食をすることはほとんどなかった。それに、したとしても緊張感が勝って、終わったときはぐったりしてしまって、愉しいと感じたことはなかった。

なのに、千里が相手だと、一緒にいても緊張しないし、気持ちが解放される。

最後に千里がこう言った。

「先輩がいるうちに、うちの大学がH駅伝に出られたらいいなって……うちがH駅伝にでるためには、絶対に先輩の力が必要です。わたし、微力ながら応援します。何だってしてします」

郁夫は涙が出るほどにうれしかった。

居酒屋を出たとき、すでに千里は酔っぱらっていて、足元が覚束《おぼつか》なかった。

千里はここから徒歩十分のマンションに住んでいると言うから、送っていくことにした。

途中で千里が、郁夫の左腕にぎゅっとしがみついてきた。

はだけたコートからのぞくニットに包まれた大きな胸のふくらみを感じて、郁夫の股間はまたふくらんでくる。

しかし、女子マネージャーを抱くのはマズい。本気でつきあうつもりなら、また別だろうが、郁夫の気持ちは涼子のほうに向いている。

欲望をこらえて、彼女の住むマンションの前まで行った。このへんでは大きな六階建てのマンションだ。

部屋の前まで送ってくださいと言うので、エレベーターで五階まで昇り、廊下を歩いていく。

部屋の前で立ち止まり、千里が鍵を開けるのを確認して帰ろうとしたとき、

「先輩、少しだけいいでしょ？　コーヒーでも飲んでいってくださいよぉ」

千里が郁夫の手を引っ張って左右に振る。

郁夫は迷ったが、女の子の部屋を覗きたいという好奇心もあり、

「……じゃあ、少しだけ」

と、受け入れていた。うちの寮は自由主義で、門限などという古いものはない。

部屋にあがると、そこはシンプルなワンルームの間取りで、窓際にかわいらしいベッドカバーのついたシングルベッドが置いてあり、他にはキッチンとテーブル、ソファなどがある。

思ったより、女の子っぽい室内ではない。そのとき、

「先輩、脱ぐの手伝ってくださいよぉ」

コートを脱いだ千里がベッドに座り、足をバタバタさせる。

た。


「脱ぐって、何を？」

「これです」

千里は立ちあがって、ニットのワンピースの裾をつかみ、ぐいと引っ張りあげた。


（ああっ、丸見えじゃないか！）

ニットワンピースの裾が胸のあたりまであがって、下半身があらわになった。すらりと長い足に肌色のパンティストッキングが張りついていて、下腹部にはラベンダー色のパンティが透けて見えた。

腹部のパンティストッキングと素肌の境目がはっきりと見える。

「これを引っ張ってください」

そう言って、千里が上体を折り曲げた。

郁夫が脱げかけたワンピースを引っ張ると、つるっと脱げて、郁夫の手には柔らかなニットが残り、その向こう側は下着姿の千里がいた。

恥ずかしそうに、ラベンダー色の刺しゅう付きブラジャーに包まれた大きな胸を隠し、パンティストッキングに包まれた太腿をよじっている。

抜群のプロポーションと言うわけではないが、胸も尻も大きく、ウエストがきゅっと締まっている。適度に肉付きのいいむちむちした感じが、生々しい肉感を伝えてくる。

（ああ、マズい！）

それを目にした瞬間に、股間のものがぐんと頭を擡げた。

呆然《ぼうぜん》として立ち尽くしていると、千里が近づいてきた。

「先輩、いつまでわたしの服を持っているんですか？」

郁夫の手からニットのワンピースを取って、それをテーブルの上に投げ、郁夫のコートを脱がせた。

それから、抱きついてくる。

郁夫がおろおろしたとき、追い討ちをかけるようにキスされていた。

千里は柔らかく、ぷにっとした唇を重ねながら、舌でちろちろと唇を悪戯《いたずら》してくる。

その瞬間、股間のものが完全にいきりたって、ぐいとズボンを持ちあげた。

すると、千里の右手がおりてきて、ズボンの上からイチモツの具合を確かめるように撫でさすって、

「先輩のこれ、あっと言う間にカチカチになった……わたしと組んでストレッチ

してたときも、こうなってた。先輩、わたしとしたいんでしょ？　いいよ、しても……」

千里はもう逃がさないとばかりに情熱的に唇を重ねながら、股間のふくらみを撫でさすってくる。

（いいんだ、してもいいんだ……！）

甘い言葉をかけられて、股間のものをさすりあげられると、自分をコントロールする理性が見事なまでに消えていった。

3

千里をベッドの端に座らせておいて、郁夫は急いで服を脱ぐ。

ブリーフまでおろすと、分身がぶるんと頭を振って転げ出てきて、それをちらりと見た千里が、すごい！　という顔をした。

郁夫は千里をそっとベッドに倒していく。

つい先日までの童貞の自分なら、おそらくこんなことはできなかった。

今も上手くできるかどうか不安ではあるが、どうにかなるだろう。いや、しなくてはいけない。

まずは、キスをして、唇を合わせ、丁寧に唇を舐めた。

それから、舌を差し込むと、すぐに千里が反応して、舌をからめてきた。

とても情熱的に舌をれろれろさせ、郁夫を抱きしめて引き寄せる。

（すごいな……積極的だし、上手だ）

郁夫が想像していたより、はるかに千里は男性経験があるようだ。しかし、それがいやかと言うと、そうではない。むしろ、経験があったほうがまだ童貞を卒業したばかりの郁夫には安心感がある。

郁夫はキスをしながら、ブラジャー越しに乳房を揉む。

圧倒的に大きなふくらみをモミモミすると、

「んんっ、んんんんっ……」

千里はキスをしながら、くぐもった声を洩らす。

じかに乳房に触れたくなって、郁夫はブラジャーを外しにかかる。しかし、女性のブラジャーを外すのは初めてだ。

（確か、背中にフックがあるんだったな）

千里を横臥《おうが》させて、背中に手をまわして試みたものの、上手く外れない。

片方は取れるのだが、そうなるともう片方の締めつけが強くなって、外れないのだ。

見かねたのか、千里が上体を立てた。ラベンダー色の鮮烈なブラジャーの肩紐を外して、抜き取っていく。

ぶるんとまろび出てきた乳房を見て、郁夫は息を呑んだ。

こういうのを爆乳と言うのだろう。

涼子の胸も大きかったが、このオッパイは別格だった。

グレープフルーツを二つくっつけたようで、丸々としていて、しかも光沢があり、その中心に小さなピンクの乳首がくっついていた。

乳房の大きさと較べると、乳首は小さくて、乳輪も狭い。

郁夫の視線を感じたのか、千里が恥ずかしそうに乳首を隠した。

「わたし、乳首が小さいでしょ？」

「いや……っていうか、俺もそんなに経験があるわけじゃないから、よくわからないよ」

「そうなの？」

「ああ……」

「よかった。そのほうが、いいわ」

「そうなの？」

「ええ……」

そう言って、千里はラベンダー色のパンティに手をかけて、腰を振るようにおろしていく。足踏みするように脱いで、薄い翳りを隠して、そっとベッドに仰向けに寝た。

「先輩、来て……わたし、ずっと先輩が好きだったの。でも、先輩、ちっとも振り向いてくれなかったから」

「ゴメン、わからなかった。俺、そのへん鈍いみたいだしな」

「いいの。ようやくこうなれたから……キスして」

「……ああ」

郁夫が顔を寄せると、千里が目を閉じた。

長い睫毛《まつげ》だった。それほど鼻が高いわけではないが、ちょうどいい感じだ。それに、キスの形に窄められた唇はふっくらとして厚めで、その赤い唇にできた皺をセクシーに感じてしまう。

ちゅっ、ちゅっとかるく唇を押し当てた。

涼子は最初に精液をごっくんしてくれたので、その後、キスができなかった。したがって、キスしたのは一度だけで、やり方がまだ判然としない。

わからないまま、唇を寄せ、試しに唇をかるく舐めてみた。舌をちろちろさせると、千里は気持ち良さそうに目を閉じて、

「ぁああ……ぁあああぁ」

水中から顔を出したコイみたいに口をぱくぱくさせた。

その開いた唇の間に舌をすべり込ませると、千里は口を半開きにしたまま、舌を差し出してきた。

舌先をからませていると、千里はもう我慢できないといった感じで、ぎゅっと抱きついてきた。

そして、自ら舌を使って、逆に郁夫の口蓋《こうがい》を舐めてくる。

自分をあからさまに投げ出している感じで、その様子がひどくエロチックだ。千里はそれ以降も積極的に舌をからめ、キスの角度を変えながら、ぎゅっとしがみついてくる。

二人の舌がとろとろに蕩けてひとつになっていくようだ。

その甘い陶酔感が下半身にも及んで、イチモツがますます硬くなった。

郁夫はキスをおろしていく。

首すじから肩へとキスを浴びせ、そのまま乳房にしゃぶりついた。

淡いピンクの乳首をかるく吸うと、

「あっ……！」

千里は顔を撥ねあげて、両手を顔の横に置いた。

グレープフルーツみたいな光沢のある丸々とした巨乳で、その中心にとても小さな乳首がかわいらしくついている。

乳首の愛撫の仕方は、だいたい涼子に教えてもらった。

やさしくやさしくと言い聞かせながら、突起を舐めた。

上下にゆっくりとなぞり、左右に細かく弾く。それを繰り返していると、小豆《あずき》のように小さかった乳首が見る見る硬く、大きくなった。

（こんなになるんだな……）

驚きながら、なおも舌をつかうと、

「ぁあああ、あああ、いいの……ぁああ、気持ちいい。ぁああ、もっと……」

千里が自分から乳房を擦りつけてくる。

（いいぞ。よし、大丈夫だ）

自分の愛撫に自信が持てた。

唾液でぬめ光る乳首を指でつまんで、側面をくにくにと転がすと、

「ぁああん、いいよぉ……いいよぉ……ぁああ、あああ、したくなる。したくなっちゃう」

千里はせがむようにゆっくりと下腹部を持ちあげる。

まだ二十歳なのに、千里は性的に目覚めている。すでに、結合の悦びを知っているのだ。

舞いあがりそうになる自分を必死にコントロールした。焦ってはダメだ。

郁夫はもう一度、こちら側の乳首を舐める。そうしながら、もう片方の乳房を揉みしだいた。

圧倒的に大きい。しかも、柔らかくて、揉んでも揉んでも底が感じられない。

反対側の乳首に触れると、そっちはまだ小さくて柔らかい。どうやら、乳首の感受性は独立していて、両方が同時に勃起するわけではないようだ。

郁夫は反対側の乳首も指で捏ねて、大きくさせる。

そうしながら、こちら側の乳首を頬張り、かるく吸ってみた。

ちゅっ、ちゅっ、ちゅっと吸うと、そのタイミングで、

「あっ……あっ……あっ……」

千里が声をあげる。

それをつづけていると、千里は腰をぐいぐいとしゃくりあげる。

きっとこうしてほしいんだろうと、郁夫は右手を下腹部に伸ばした。

うっすらと生えた若草のような繊毛の底に、ぬるぬるしたものが息づいていて、そこをなぞると、

「ぁあああ……ぁあうぅぅ」

千里は顔をのけぞらせ、翳りをぐいぐいと突きあげて、指に擦りつけてくる。

強い欲望に駆られて、郁夫は千里の足の間にしゃがんだ。

足をつかんでひろげると、薄い繊毛の底にかわいらしい女の花園がはっきりと見えた。

左右の陰唇はこぶりで、山脈も低い。だが、柔らかく波打っていて、とても清楚な形をしている。

びらびらの狭間にのぞいている笹舟形の本体も、うっすらとしたピンクで、全体にととのっていて、乱れというものがまったく感じられない。

郁夫は顔を寄せていき、狭間を舐めた。

いっぱいに出した舌でぬるっとなぞりあげると、

「あんっ……！」

千里は鋭く反応して、後ろ手に枕をつかんだ。

甘酸っぱいような香りがこもっていて、プレーンヨーグルトを舐めているような淡い味がする。

さらに、狭間を上下に舐めると、陰唇がふくらみながらひろがって、鮮やかなサーモンピンクの内部が姿を現し、

「ぁああ、あああ……」

千里は自分から腰を上下に振って、濡れ溝を擦りつけてくる。

郁夫は粘膜を舐めあげていき、その勢いのまま、ピンッと陰核を舌で弾いた。

「あんっ……！」

千里が鋭く喘いで、がくんと腰を躍らせる。

やはり、クリトリスがいちばん感じるらしい。

涼子から言われたことを思い出して、上のほうを指で引きあげる。すると、つるっと包皮が剝けて、珊瑚《さんご》色の肉豆がぬっと姿を見せた。

そこも乳首と同様に小さかった。

小粒だが、舐めているうちに、どんどんぬめってきて、あっと言う間に大きくふくらんできた。

薄いピンクのそれを舌でなぞりあげ、肥大化して存在感を増した突起をじっくりと舐めしゃぶった。

つねに舌を接して、ちろちろしていると、千里は愛らしい喘ぎを絶えず発しつづけて、腰を微妙にくねらせる。

舌の当たり方によって、びくっと震える。

足の指をぐっと折り曲げるときもある。

その微妙な反応の仕方が、郁夫を駆り立てていった。

（そうだ……指を使ってみよう）

郁夫はいったん顔を離して、あふれでている分泌液を上方の肉芽になすりつけながら、くりくりとまわすように捏ねてみる。

「あっ……くっ……あんっ……」

千里の反応が鋭くなった。

舌のほうがぬるぬるして気持ちいいのだろうが、指は刺激が強くて、違う悦びがあるのかもしれない。

指先で小刻みに弾いてやると、

「あっ、あっ、あっ……はぁあぁ、くうぅぅ」

千里はブリッジするみたいに下腹部をせりあげて、「くうぅ」と顔をそむけながらも、時々、がくがくっと痙攣《けいれん》する。

同じことをつづけていると、千里が言った。

「先輩、指であそこを……」

「ここのこと？」

肉びらの狭間に触れると、

「はい……そこを、あの……触って……」

「こう？」

郁夫は二本の指腹で狭間をなぞりあげる。さらに、陰唇のほうにも伸ばして、ひろげてみる。ぐちゅりと開いて、内部の美しいピンクがあらわになった。

その周辺を指で円を描くようになぞっていると、なかからじゅくじゅくと半透明な蜜があふれて、

「ぁああ、あああ……先輩……表面だけでじゃなくて、奥も……」

千里が求めてきた。

「指を入れていいのか？」

「ええ……好きなの、そういうのが」

「そうか……」

郁夫は中指をおずおずと伸ばして、膣らしいところにあてがった。少し力を込めると、ぬるぬるっと嵌まり込んでいって、

「ぁああん……！」

千里がやけに低く、生臭い声で喘いだ。

（ああ、すごい締めつけだ！）

第二関節まで差し込まれた中指を、膣がぎゅ、ぎゅっと締めつけてくる。

ゆっくりと抜き差しをはじめると、千里が言った。

「あの……指の向きを……」

「指の向き？」

「はい……手のひらをお腹に向けるように……ぁああ、そうです。その向き……それで、上のほうを……そうです。そう……ぁああ、気持ちいい……先輩、気持ちいい！」

郁夫が上に向けた指腹で、天井側の粘膜を擦ると、それが強い性感帯なのか、

千里は足を踏ん張って、ブリッジする。

「ここがいいんだね？」

「はい……ぁあああ、オシッコがしたくなる。それほどに気持ちいい……ぁああ、ねえ、ねえ……」

「何……？」

「おチンチンが欲しい。先輩のおチンチンが欲しい……待って」

千里は郁夫をベッドの端に座らせると、自分はその前の床のカーペットにしゃがんだ。

郁夫の分身はすでに痛いほどに臍に向かって、いきりたっている。

「すごくオッきい。先輩のここ、立派だわ」

そう言って、千里が亀頭部にちゅっ、ちゅっとキスをする。

郁夫のペニスは標準サイズだと思うので、これはおそらく千里のお世辞だろう。しかし、そう言われて悪い気はしない。

千里は肉棹をやさしく撫で撫でしつつ、亀頭部の丸みを舐め、さらに、尿道口にもちろちろと舌を走らせる。

戦慄が流れて、分身が頭を振った。

するとそれを見て、千里はうれしそうに見あげ、満面の笑みを浮かべた。

（か、かわいい……！）

そのとき、千里が高校でチアガールをしていたときの光景を思い出した。

あれは確か硬式野球部の応援席でだった。千里はチアガールとして、ポンポンを両手に持って、ミニスカートで踊っていた。

そのむちむちっとした健康美に輝く太腿や揺れる乳房、アイドルみたいにととのっているが、どこかエロい顔……。

応援席に陣取った男子の多くは、その姿に見とれ、いつか自分が……と思っていただろう。言ってみれば、千里は我が母校のアイドルだった。

自分はそのアイドルに、おチンチンをしゃぶってもらっているのだ。

（最高だ。こんなことはなかなか味わえない！）

あらためて、自分はもっとこの状態に感謝しなくてはいけないと感じた。

千里は姿勢を低くして、根元のほうから裏筋を舐めあげてきた。

ツーッ、ツーッと舌をすべらせ、裏筋の発着点を集中的に舐めてくる。

ここまでは、涼子と同じだ。

だが、千里は顔をぐっとおろすと、睾丸に舌を這わせた。

（えっ、えっ、えっ……！）

細くてよく動く舌が、皺袋の皺をひとつひとつ伸ばすかのように丹念に這いまわっている。

（こんなことまで……！）

千里はオイナリさんを舐めながら、ちらりと見あげてくる。

その顔がかわいくてエロくて、郁夫は舞いあがる。

左右の袋を唾液でべとべとにして、ようやく、千里は裏筋をなぞりあげ、そのまま上から頬張ってきた。

「んっ、んっ、んっ……」

途中まで唇をかぶせて、連続して唇と舌で擦ってくる。

「ぁあああ、くっ……ちょっと！」

郁夫がとっさに制すると、千里はストロークをやめて、ゆっくりと奥まで頬張った。

（ああ、温かくて気持ちいい……！）

男性器がすっぽりと根元まで含まれると、不思議な気持ち良さに包まれた。

千里はしばらくそのままの姿勢で、頬張りつづけ、なかで時々ねろり、ねろりと舌をからませてくる。

（そうか……フェラチオって言うのは、唇だけじゃなくて、舌も使うんだな）

そのとき、千里の顔が上下に揺れはじめた。

締めた唇で勃起の表面を擦られると、それが蕩けながらふくれあがっていくようだ。

千里は決して指を使おうとはせずに、唇と舌だけでずりゅっ、ずりゅっとしごいてくる。

セミロングの髪か揺れて、大きな乳房も弾んでいる。

「ぁあぁ、ダメだ。出そうだ！」

ぎりぎりで訴えると、千里はちゅっと肉棹を吐き出して、立ちあがった。

4

郁夫をベッドに押し倒して、上になり、下半身をまたいだ。

唾液まみれの勃起をつかんで導き、片膝を突いて、切っ先を濡れ溝に擦りつける。それが泥濘をぬるぬると擦っていき、

「ぁあああ……ぁああうぅ」

顔をあげて喘ぎ、それから、もう一度下を見て、慎重にあてがって、ゆっくりと沈み込んできた。

切っ先がとても窮屈なところを突破していく衝撃があって、

「あ、くっ……！」

千里は肉棹に添えていた指を離して、かるくのけのぞった。

上体をほぼまっすぐに立てて、待ちきれないとばかりにすぐに腰を振りはじめた。

くなり、くなりと前後に揺すって、

「あああ、あああうぅ」

と、すっきりとした眉《まゆ》を八の字に折り、つらそうな顔で腰を打ち振る。

いや、つらいのではない。むしろ気持ちいいのだ。女性が快感を覚えているときと、苦痛を感じているときの表情は似ていて、はっきりとわからない。

だが、苦痛だけなら、千里はこんなに激しく腰を振らないだろう。

ギンギンの肉茎が窮屈な肉路に揉みしだかれて、気持ちいい。切っ先が奥のほうをぐりぐりと捏ねている。

たぶん千里は感じるポイントをさぐりつつ、微妙に角度や深度を変えて、腰を振っているのだろう。

その、いいところに当てたい。感じたい、という思いが伝わってきて、郁夫も昂《たかぶ》る。

こうして下から見ていても、圧倒的にオッパイがデカい。

しかも、その小さかった乳首が今はもう勃起して大きくなり、バランスが取れている。

「ぁああ、あああ……いいの。気持ちいい……先輩、わたし、幸せです。ずっとこうしたかった……ぁあああ、ダメっ、我慢できない」

千里は両膝を立てて、蹲踞の姿勢を取った。

それから、郁夫の上で撥ねはじめた。

スクワットの要領で腰を上げ下げし、屹立が奥を突くたびに、

「あんっ……あんっ……あんっ……」

華やいだ喘ぎ声をスタッカートさせる。

ものすごい光景だった。

巨乳がぶるん、ぶるるんと縦に大きく揺れて、乳首までもが躍る。

千里はもっと強くとでも言うように、両手を郁夫の胸板に突いてバランスを取り、

「あんっ、あんっ、あんっ……」

よく響く声をあげて、尻を叩きつけてくる。

郁夫もどんどん追い込まれていく。同時に自分も動きたくなった。やはり、男というのは自分でも動きたくなるものらしい。女性を攻めて、絶頂に導きたくなった。

郁夫は降りてくる尻をつかんで固定させ、下から突きあげてみる。

ダダダッと機関銃のように下から連打すると、

「あっ、あっ、あっ……ぁああ、ダメん……ダメっ……あはっ……！」

千里が細かく震えながら、前に突っ伏してきた。

(イッたのか……？)

様子をうかがっていると、千里がすぐにキスをしてきた。

おそらく、昇りつめてはいない。イッたとしても、かるいものだろう。

千里はねっとりと舌をからめ、唇を舐めながら、自分の身体を微妙に動かして、勃起を膣でしごいてくるのだ。

（二箇所攻めか……？）

好き、という気持ちをぶつけるようなキスと、粘膜の締めつけが、とても気持ちいい。

だが、男として常時受け身なのはどうも気持ちが乗ってこない。

（よし、ここは……！）

郁夫は千里の腰を両手でがしっと抱き寄せた。それから、下から突きあげていく。

膝を曲げると、動きやすいことがわかった。

踏ん張って、ぐいぐいっと腰を撥ねあげると、勃起が斜め上方に向かって膣肉を擦りあげていき、

「あん、あんっ、あんっ……ぁああ、先輩、これ気持ちいい……いいの」

千里が自分からぎゅっとしがみついてくる。

「俺も気持ちいいぞ。くうぅぅ」

郁夫は奥歯を食いしばって、連打した。

勃起しきったペニスが千里の奥へ奥へと嵌まり込んでいくとその強い実感がたまらない。

「あんっ、あんっ、あんっ……ぁああ、もう、もうダメっ……イクかもしれない。イクかも……あんっ、あん、あん……やっぱり、やっぱり、イクよ。イッていい？」

そう訊いてくる千里をすごくかわいいと感じる。

「いいよ、イッて……そうら」

郁夫はアスリートだから、強靱《きょうじん》な腰をしている。このくらいで、息が切れることもちろんない。

それに、奇跡的に射精感はまだ来ない。

郁夫はゴール前百メートルのスパートに移った。

下からズンズンズンとつづけざまに突きあげる。そのリズムをどんどんアップしていくと、ぐちゅぐちゅといやらしい音がして、蜜がしたたり、

「あん、あん、あん……イクよ。イク、イク、イク……やぁああぁぁぁ！」

千里は体の上で嬌声《きょうせい》を張りあげて、がくん、がくんと躍りあがり、やがて、ぐったりして動かなくなった。

郁夫はまだ放っていない。

身体の下から抜け出ると、いまだシーツに這っている千里の腰をぐいと持ちあげた。

「ぁああ、まだするんですか？」

千里が鼻にかかった甘え声で訊いてくる。

「ああ、まだまだこれからだよ。長距離ランナーはセックスも持続力があって、長いんだよ」

冗談半分に言うと、

「ああん、わたしの身体、持たないよ」

千里がブリッコをして言う。

「大丈夫だよ。きみもタフだろ？　高校の頃はチアガールで長い間、踊りつづけていたし」

「そうだ。先輩、わたしまだあのユニフォームを持ってるんだけど、着てみますか？」

「えっ……ど、どうなんだろうな」

「やっぱり、着てほしんだ。いいよ、待ってて」

千里が別室に行った。

正直なところ、あのユニフォーム姿をもう一度見てみたいという気持ちはあった。いや、どうせなら、見るだけではなく……。

しばらくして、千里が部屋に入ってきて、いきなり両手のポンポンを突きあげて、踊りだした。

（こ、これは……！）

ノースリーブのタンクトップは白で、赤いローマ字で高校の名前が記され、下側はブルーで、フレアミニもブルーで、赤いラインで縁取りがしてある。

実際に使っていた白地にブルーの横二本線の入ったニーハイソックスも穿いているから、ぐっとかわいさが増す。

しかも、千里が躍動するたびに、タンクトップの大きな胸が揺れる。衝撃的なのは、ユニフォームの胸のふくらみの二箇所に明らかに乳首とわかる突起がせりだしていることだ。

それだけではなかった。

千里がポンポンを両腰に当てて、ラインダンスのように足を振りあげたとき、フレアミニがまくれあがって、淡い翳りが見えた。

千里はブラジャーもパンティもつけていないのだった。

（反則だろう、これは！）

下腹部のものがまた激しく嘶《いなな》いた。

それを見た千里が近づいてきた。

さっきのように、郁夫をベッドの端に座らせると、千里はチアガールのユニフォーム姿で前にしゃがんだ。

ポンポンを置き、代わりにいきりたつものを握り、ゆっくりと擦りながら、郁夫を見あげてくる。

（ああ、天国か、ここは？）

郁夫は舞いあがった。

千里は白い歯をのぞかせて明るく笑うと、顔を横向けて、屹立の裏側をハーモニカでも吹くようにすべらせる。

ハーフアップにされた髪から、愛らしい顔が見える。そして、ふっくらとした唇とちろちろと躍る赤い舌までもが目に飛び込んでくる。

ギンとした肉柱は蜜にまみれて、ぬめ光っている。それを厭《いと》うこともなく、千里は裏筋を舐めあげてくる。

裏筋の発着点にちろちろと舌をぶつけながら、じっと見あげてきた。

母校のチアガール姿で、こんな愛おしそうに見つめられたら、もうひとたまりもない。

と、千里が頬張ってきた。

いきりたつものに唇をかぶせて、ゆったりとストロークをする。

まさか、千里が母校のチアガール姿で自分のものをおしゃぶりしてくれるなんて、夢にも思わなかった。

千里は時々、ジュルジュルッと唾を啜りながら、顔をリズミカルに打ち振る。

ユニフォームのふくらんだ胸から、ぽっちりとした突起が二つ浮かびあがっている。その下はブルーのフレアミニだ。

千里は徐々にストロークのピッチをあげる。

「んっ、んっ、んっ……」

と、つづけざまに吸茎されると、もう限界がせまってきた。

ヤバいと感じた瞬間に、千里はちゅっぱっと吐き出し、

「ねえ、これが欲しいよ。千里、先輩のこれが欲しい」

勃起を握って、甘えたように見あげくる。

「わ、わかった」

言うと、千里は自分からベッドにあがり、端に四つん這いになって、尻を突き出した。

フレアミニがめくれて、むっちりとした太腿と尻のふくらみさえものぞいている。白いニーハイソックスが愛らしい。

「さっきのつづきをして……」

おねだりするように言って、千里はお尻をゆっくりと振る。

前後左右にくねくねされると、郁夫はもう一刻も待てなくなった。

千里はベッドのエッジに這っているから、自分は床に立ったまま挿入できそうだ。

おずおずとフレアミニをまくると、真っ白なヒップがこぼれでた。

チアガールをしていただけあって、尻は発達して、丸々とハート形に張りつめている。

涼子としたときは、バックはしていなかった。不安だが、だいたいのやり方はわかる。

いきりたつものを泥濘に擦りつけていると、窪みのような柔らかなところがある。そこはもう濡れて、ぬるぬるしている。

（ここだな……）

切っ先を慎重に押しつけて、腰を進めた。

すると、亀頭部がとば口を押し広げていき、次の瞬間、ちゅるっと嵌まり込んだ。

「あっ……！」

千里は小さな声をあげて、がくんと頭をのけぞらせる。

（ああ、熱い。それに、波打ってる！）

女性上位ではわからなかった粘膜のひくつきを、今ははっきりと感じることができる。

郁夫はフレアミニのめくれあがった部分を持って、引き寄せながら、ゆっくりと腰をつかう。

バックの体位は初めてだが、深いところに簡単に切っ先が届いているような気がする。ゆっくりと打ち込んでいても、膣の締まりをはっきりと感じることができる。

それに、この姿勢は男の征服欲のようなものを満たしてくれる。

「あんっ、あんっ、あんっ……」

切っ先が奥を突くたびに、千里が華やいだ声をあげて、シーツを鷲づかみにする。

チアガールのユニフォームの上がずりあがって、背中が見える。

そのしなった背中がすごくエロい。

ごく自然に力がこもってしまう。

徐々に強く打ち込んでいく。ぐいっと奥に届かせると、

「あんっ……！」

千里はがくんとして、ハの字に開いている足がぴょこんと撥ねあがる。

白いニーハイソックスを穿いているせいか、その撥ねあがりがかわいらしく、セクシーでもある。

だんだん止まらなくなってきた。

ぐん、ぐんと深いところに打ち込んでいくと、

「あんっ……！　あんっ……！」

千里は肘を突いて、上体を低くした。

それにつれて、膝もひろがって、尻だけが持ちあげられる。

そのしなやかな女豹《めひょう》という形容がぴったりの姿勢が、オスの劣情をかきたてて

くる。

くびれたウエストをつかみ寄せ、連続して強く叩きつけたとき、

「あん、あん、あん……あはっ……！」

千里が震えながら、前に突っ伏していった。

剝きだしの尻を見せて、時々、痙攣している。

（イッたのか……？）

だが、郁夫はまだ放っていない。ベッドにあがって、

「大丈夫？」

訊くと、千里はうなずいて、郁夫の肉棹にまたしゃぶりついてきた。

両膝立ちの郁夫のいきりたちを、這うような姿勢で咥えて、「んっ、んっ、んっ」と顔を打ち振る。

（ああ、すごい……！）

千里の献身的で一途な気持ちがひしひしと伝わってきた。

逼迫《ひっぱく》した快感がうねりあがってきて、郁夫は千里を仰向けに寝かせた。そして、ブルーのラインが二本走っているニーハイソックスの張りつく膝裏をつかんで、すくいあげた。

まさに衝撃的な光景だった。

かつては母校のチアガールだった女性がユニフォーム姿で、足を開かされている。

ハーフアップの髪を散らせて、横を向いている。母校の名前の記されたタンクトップの左右のふくらみの頂上に、二つの乳首がポツンと浮かびあがっていた。

そして、タンクトップはずりあがって、仄白いお腹が見え、ブルーのミニスカートはめくれあがって、むちむちの太腿の裏側の奥に、若草のような翳りが見え、その下に女の印がわずかに赤い口をのぞかせている。

郁夫は猛りたつものを濡れ溝にそっと押しつけて、擦った。ぬるぬるっとすべっていき、落ち込んでいる個所に切っ先がめり込んでいき、窮屈な入口を突破すると、

「ぁあああ……！」

千里が両手を開いて、シーツをつかんだ。

「くっ……！」

と、郁夫は奥歯を食いしばった。

千里のそこはいっそう温かくなり、ざわめきながら屹立に吸いつき、さらに、

奥へ奥へと引きずり込もうとするのだ。

上体を立て、膝裏をつかんで押さえつけると、膣の位置もあがって、勃起と膣の角度がぴたりと合って、快感が増した。

その状態で、上から打ちおろしていく。

「あんっ、あんっ……」

千里が両手を頭上にあげて、喘いだ。

強く打ち込むと、ユニフォームの下の乳房がぶるるんと豪快に揺れる。

ふと思いついて、それを口にした。

「千里、胸を見たいんだ。オッパイを見せてほしい」

すると、千里はタンクトップをめくりあげた。ぶるんとこぼれでた乳房は圧倒的に大きい。

「先輩、見えてますか?」

「ああ、見えてるよ」

グレープフルーツみたいな巨乳があらわになっていて、小さかった乳首が今は円柱のように伸びて、色も濃くなっている。

「そのままだぞ。見せたままだぞ」

「はい……恥ずかしい。恥ずかしいけど、気持ちいい……ああああ、先輩。突いて……千里を思い切り突いて！」

千里が訴えてくる。

「よし、思い切り突いてやる」

郁夫はスパートした。

ぐん、ぐん、ぐんと深いところに力強く打ち込むと、その衝撃であらわになった巨乳がぶるん、ぶるんと豪快に揺れて、

「あん、あん、あんっ……ぁあああ、イキそう。先輩、わたし、またイッちゃう！」

千里が顎をせりあげて言う。

その頃には郁夫も追い詰められていた。

ひと擦りするたびに、甘い陶酔感がどんどんひろがってきて、膝裏をつかむ指に力がこもってしまう。

「ああ、ダメだ。出そうだ！」

ぎりぎりで訴えると、

「先輩、いいのよ。出して……今日は大丈夫な日だから」

千里が見あげてくる。

「いいんだな？」

「大丈夫。ください……ぁああ、ダメっ、イッちゃう。イキそう！」

千里がユニフォームを握りしめたまま、顎をせりあげた。

「そうら、イケよ。俺も……！」

郁夫がつづけざまに打ち据えたとき、

「イク、イク、イッちゃう……いやぁあああぁぁぁぁぁ！」

千里が嬌声を張りあげて、のけぞり返った。

がくん、がくんと震えて、同時に膣も締まってくる。

今だとばかりにもうひと突きしたとき、郁夫も至福に押しあげられた。

すさまじい勢いで熱い男液が放たれ、郁夫はその歓喜に身をゆだねる。

頭の芯が痺れるような強烈な射精だった。

放ち終えたときには、自分もぬけ殻になったようで、どっと前に突っ伏していく。

すると、千里が頭を撫でながら、

「先輩、すごい。わたし、三度もイッちゃった」

耳元で言うので、郁夫は自分のセックスに自信が持てた。
すぐ隣にごろんと横になる。シングルベッドから落ちそうだ。
千里がぴったりとくっついてきて、胸板をさすりはじめた。

第三章　女性アスリート講師

1

その日、郁夫は大学で講義を受けていた。

大きな教室には座りきれないほどの学生が詰めかけている。

その前で講義をしている、きりっとした美貌の女性は冴島奈央《さえじまなお》だ。

世界陸上のマラソンで三位に入って、銅メダルを獲得したほどの美人マラソンランナーで、知名度が高い。

日本の女性マラソンランナーにしては珍しく、すらりとした長身で足も長く、モデルにしたいような体型をしている。

彼女が受け持っている講義は『スポーツ心理学』。

郁夫は自分に関するテーマでもあるし、ずっと受講していた。

小難しい知識の受け売りではなく、彼女自身の体験をもとに話してくれるのでとても参考になる。

なぜこの人が我が大学で臨時講師をしているかというと――。

冴島奈央は世界陸上で銅メダルを獲って、次はいよいよというところで、練習中に膝を故障して、競技者生命を絶たれた。

もともとインテリだったこともあって、それ以降はテレビでマラソン解説をしたり、他のスポーツ番組のコメンテーターとしても活躍している。

そして、このS大学は冴島奈央の母校であり、その縁もあって、現在はうちの大学で臨時講師をしている。

郁夫はいつものように最前列の真ん中に陣取って、彼女の講義を「うんうん」とうなずきながら聴いていた。

郁夫が彼女の大ファンであるのは、悲劇の美人アスリートというばかりでなく、じつは彼女も郁夫の母校である高校出身だからだ。

つまり、冴島奈央と高校も大学も同じだった。

それもあって、郁夫は彼女に親近感を覚えていた。

そして、郁夫は講義を受けながらも、自分の記録があがらないことを彼女に直接相談したいと思っていた。

すでに、五十嵐涼子からはオーバートレーニングが原因ではないか、という指摘を受けて、今は走り込みを控えている。

だが、これでいいという確信は持てない。だから、奈央の意見も聞いておきたかった。

講義が終わって、奈央が教室を出る。郁夫はそのあとを追って、声をかけた。

「冴島先生！」

奈央が振り返って、

「ああ、きみね……何？」

奈央がどうしたの？　という顔をする。

スポーツウーマンらしい小顔で、鼻筋の通ったととのった顔をしている。長い髪を後ろで結っていて、とても優美で凛《りん》とした雰囲気がただよっていた。

「あの……最近記録が出なくて、駅伝予選のメンバーから洩れてしまって……それで、少しでいいんです。どうしたらいいか相談に乗っていただければと思いまして」

一息に言った。

奈央はすでに郁夫が長距離を走っていて、奈央と高校、大学が一緒で、郁夫が高校のときに五千メートルで全国三位だったことも知っている。何回か会話を交わしたこともある。だから、丁寧に頼めば、いいアドバイスをもらえるのではないかと思っていた。

「そうね……明日の朝、外苑を走るから、そのときに一緒に走ろうか？　走りながら、いろいろと聞かせてもらおうかな。それで、いい？」

「ああ、はい……もちろん。ありがとうございます！」

「じゃあ、明日の六時半に外苑で。よろしくお願いします」

郁夫は頭をさげ、ほくほく気分で奈央の後ろ姿を見送った。

タイトフィットなスカートを穿き、ヒールを履いているせいもあってか、ぷりっとした尻が随分と高い位置にあるように見える。

現役時代は痩せていたが、競技をやめて少し太ったようで、胸もヒップも豊かになった。そのナイスバディと美貌と人気に目をつけた出版社が、彼女の水着を主としたヌード写真集を出そうと企《たくら》んでいたという話を聞いている。

それもうなずける。冴島奈央の写真集が出たら、きっと多くの男性が購入するだろう。そして、そのヌード写真集を見ながら、しこしこやるに決まっている。郁夫もおそらくそうするだろう。

翌朝、郁夫は外苑に向かった。

S大学とはかなり距離があるが、電車を使えば行ける。

外周コースのスタート地点へ急いでいくと、すでに、奈央が来ていて、ストレッチをしていた。

ミントブルーのパーカーを着ているが、下はパンツ一体型の濃紺のレギンスを穿いているので、そのすらりとした脚線美が強調されている。

やはり、他のランナーとはかもしだす雰囲気がまったく違う。オーラのようなものが洩れていて、視線が吸い寄せられてしまう。

「すみません」

郁夫が駆け足で近づいていくと、

「おはよう！　いいのよ。まだ時間前だから……きみも早く準備運動しなさい」

奈央が笑顔で答える。

(う、爽《さわ》やかすぎる……！)

郁夫は心臓を撃ち抜かれる。

しばらくして、二人は走りはじめる。

一周が一・五キロの周回コースで、歩道はひろく、信号がなく、途中での緑や色づく銀杏並木もあって、ランナーにとっては聖地と言ってよかった。

そこを二人は肩を並べて、ジョギング程度の速さで走る。

（ああ、俺は今、あの冴島奈央と二人で走っている！）

銅メダルを獲ったときの走りを、今もはっきりと覚えている。

四位の選手と最後もほんの数メートル差だった。

あのときのもがき苦しむ奈央の表情と、表彰台に立ったときの晴れやかな笑顔は忘れられない。

その最高にリスペクトする選手と肩を並べて走っていること自体、夢のようだ。

「記録が伸びないんだって？」

奈央が訊いてくる。

今も走り込んでいると言うから、まったく息の乱れはない。

「はい……三年になってから、伸びるどころか落ちてます」

「自分では、原因は何だと思う？」

「ある人からは、オーバートレーニングだと言われました。走り込みすぎだって」

そう言ったとき、奈央が一瞬押し黙った。

「……じつは、わたしが膝を痛めたのも、オーバートレーニングが原因だったのよ」

次に狙っている国際マラソンが坂道の多いコースだった。奈央は坂が苦手だったので、かなり急な坂の上り下りを練習に取り入れた。

そうしないと、勝てないと思ったのだと言う。

「不安だったのよ。不安を打ち消すには、坂道を走り込むしかないと思った。それで、コーチに止められても、走りつづけた。それで、膝の関節を痛めてしまった。疲労骨折もした。その両方のダメージで、わたしはそれ以降の競技生命を棒に振ってしまった」

そういうことだったのか……。

自分を追い込まないと、自信が持てない。わたしはこれだけ練習したのだから、勝てないはずはない――。

そう思うのが競技者である。だが、それは故障という危険も孕《はら》んでいる。

「きみがどれだけ走り込んでいるのかわからないけど、とにかく、今は焦らないことね。きみはフォームも無駄がないから、エネルギーロスも少ないし、最大酸素摂取量もATポイントも高い。だから、欠点はない。もっと自分に自信を持ちなさい」

　奈央が褒めてくれた。

　ジョギング程度のスピードだが、後ろでポニーテールに結われた髪が撥ね、胸のふくらみも揺れる。

「それに……今年こそはH駅伝の出場を決めてほしい。それには、きみが必要なんじゃないの？　というと、またプレッシャーがかかるかな……」

「ああ、いえ……」

「とにかく、今日は愉しく走ろうよ。わたしはね、今は走ることを愉しんでいるの。気持ちいいでしょ？　早朝に空気を切って走るって……」

「はい、そう思います」

　そう言われと、郁夫も気持ちが弾んだ。

　もちろん、あの冴島奈央と一緒に走っているという事実が、自分をわくわくさせているのだ。

　走ることが愉しくなって、しばらく奈央と一緒に走った。

　ラスト一周になって、

「じゃあ、競争よ。わたしに勝てる？」

奈央がいきなりスパートした。

足のピッチがあがり、ストライドも伸びている。

三メートルほど前を行く奈央のポニーテールが激しく揺れ、すらりとした足が伸びて、地面を蹴る。

美しい走りだった。

故障した膝ももう良くなっているのだろう。

油断した隙に、二人の距離が開いた。

ゴールの泉前広場にはあと百メートルくらいか。

そろそろスパートしないと抜けない。

いくら相手が冴島奈央だとしても、引退した選手に現役選手が負けるわけにはいかない。

郁夫は徐々にピッチをあげ、ストライドも伸ばした。

いったん距離が縮まったと思ったら、そこから、また奈央がスパートした。

(ああ、くそっ……まだ余裕を残していたか！)

ふたたびついた差を、また詰めにかかる。

並んだ。

ゴールまであと十メートルくらい。

奈央がちらりと横を向いて、またスパートした。

ストライドが伸び、腕の振りも大きくなった。

(負けるものか！)

郁夫は必死にもがいた。意地でも負けられない。

腕と腕がぶつかる。

わずかに胸ひとつ出たところが、ゴールだった。

奈央は両手を膝に突いて、はあはあと息を切らし、

「負けたわ。スプリントには自信があったんだけど……さすがね」

「現役が負けられないですよ」

「あら、思ったより負けん気が強いのね……」

熱くなったのだろう、奈央が着ていたパーカーを脱いだ。

あっと目が丸くなった。

パーカーの下に、奈央はスポーツブラだけをつけていた。もちろん下着ではなく、女性がエアロビクスなどでつけるもので、セパレートの水着のようなものだ。

パーカーとセットになっているのだろう、鮮やかなミントブルーのスポーツブ

ラが大きく盛りあがっていた。

腹部がきゅっと締まって、割れているから、豊かな胸のふくらみをひどくセクシーに感じてしまう。

「すごく汗をかいたわ。気持ちいい汗……」

そう言って、奈央がタオルで身体を拭く。

首すじから二の腕、さらに腕をあげて腋《わき》の下を拭く。

郁夫はいけないと思いつつも、その姿を食い入るように見ていた。その視線を感じたのか、奈央は口許に笑みを浮かべた。

それからこう言った。

「もし時間があるなら、しばらく毎朝、来なさい。わたしは毎朝ここで走っているから」

大学の朝練があるが、強制参加ではないから、しばらくここに来よう。きっと何かつかめるに違いない。

「来ます、絶対に」

答えると、奈央が「待ってるわよ」とうなずいた。

2

郁夫はその後、一週間ほど通いつめて、冴島奈央と一緒に外苑を走った。

その朝も走り終えて別れようとしたとき、

「うちに寄っていかない？　じつは借りているマンションが徒歩五分のところにあるの」

奈央が言った。

知らなかった。そんな近くに住んでいるなんて。たぶん、外苑でランニングできるから、そこにしたのだろう。

「……でも、いいんですか？　俺、お邪魔じゃないですか？」

「お邪魔じゃないわ。それに、わたしここでしばらくは走れなくなるから」

「えっ……どういう？」

「じつはね……」

奈央が歩き出して、郁夫もついていく。

「わたし、しばらくケニアに行って、向こうの練習方法を勉強することになったの。ケニアって、各自が自由に練習しているみたいなイメージがあるけど、じつはそうじゃないのよ。グループ練習が中心で、レベルの高い選手と一緒に走ることで他の選手も強くなっていく。ケニアでは、トップ選手が地元で練習をつづけているのよ。賞金なんかも、選手の育成のために使っているらしい。日本的だけど、日本ではしない斬新なところもあるでしょ？　それを勉強しにいきたいの。わたし、じつは世界でメダルを取れるような女性アスリートを育成したいの。コーチとして」

奈央が言った。

「すごいです。それ、すごくいいと思います。それに、先生は絶対にいいコーチになれると思います。ああ、すみません。生意気言って……」

「ありがとう。それから、その先生ってやめてくれないかな？　名前を呼んでくれればいいわ。奈央さんで」

「わかりました」

「わたしはその準備に追われて、明日からはもう走れなくなる。だから、しばらくはきみとは逢えない。……それでうちで、朝食でもと思って」

「ありがとうございます。もう、最高にうれしいです」

「いいのよ」

奈央が立ち止まったのは、八階建ての白亜のマンションで、この八階に住んでいるのだと言う。

二人はエレベーターに乗って、八階で降りた。

通路を歩いていって、角部屋が奈央の借りているマンションだった。

そこは2LDKの間取りのきっちりと整理された部屋で、ベランダの植木が美しい緑を演出していた。

「汗かいてるでしょ？　シャワーを浴びてきなさい。わたしはその間に朝食の用意をするから」

奈央が言って、バスルームを教えてくれた。

汗で汚れたものを着るのはいやだろうと、白いバスローブを用意してくれた。

その大きなバスローブは明らかに男の大人用のもので、誰か男の人を家に招いたことがあるのだろうと思った。

そう言えば、少し前にこの近くの球場をホームグラウンドにするプロ野球球団のスター選手と交際が噂されていた時期があった。結婚間近だという噂もあったが、やがて立ち消えになって、二人は別れたというウワサが立った。

はっきりとはわからないが、もしかして、これはそのプロ野球選手のために買ったものかもしれない。

が、そんなことはどうでもいい。

郁夫は急いでシャワーを浴び、汗を流した。バスルームにはシャンプーやリンス、ボディソープとともに、身体を洗うためのスポンジもあり、このピンクの泡立ちの良さそうなスポンジでいつもあのきめ細かい肌を拭いているのだと思うと、少し昂奮した。

泡立てたボディソープで股間をよく洗っていると、脳裏に奈央の姿が浮かんできた。

頭のなかで、奈央はスポーツブラをつけて、レギンスだけを穿いている。そのレギンスをめくりおろして、あらわになったぷりっとした尻を引き寄せながら、郁夫は立ちマンで後ろから彼女を嵌めているのだった。

『あん、あんっ、あんっ』と奈央が喘ぎ、途端にイチモツが頭を擡げてきた。

(ダメだ。こんなに親切にしてもらっているのに、こんなことを……！)

しかし、いったん怒張したものはすぐにはおさまらずに、バスルームを出るのに時間がかかってしまった。

その間に朝食の用意をしていた奈央は、

「じゃあ、食べはじめてかまわないから。大したものじゃないけど、食べていて」

そう言って、バスルームに姿を消した。

キッチンテーブルにはすでにパンや目玉焼き、サラダなどの朝食が用意されていた。しかし、ここは待つべきだろう。

オレンジジュースを飲んで待っていると、しばらくして、奈央が出てきた。

（ああ、これは……！）

同じ型の白いバスローブを着て、洗った髪をタオルでがしがしと拭きながら、キッチンに向かってくる。

無防備すぎた。

「あらっ、食べてないの？」

テーブルの上を見て言い、

「パンを焼き直すわね。コーヒーは大丈夫？」

「ああ、はい……コーヒーは好きです」

「そう……待ってて」

奈央は後ろを向いて、コーヒーを淹《い》れ、トーストを焼く。

まだ濡れて肩に散った黒髪がひどく艶めかしい。

ショートのバスローブのヒップはアスリートらしい発達を見せて張りつめているが、裾からのぞく足はすっと伸びて、ふくら脛《はぎ》の隆起が美しい。

優美な後ろ姿に見とれていると、奈央が焼きあがったパンを二枚と淹れたコーヒーを持ってきてくれる。

「じゃあ、食べましょうか。いただきます」

奈央が手を合わせて、郁夫も同じようにいただきますをする。

サラダはドレッシングを控え目にしたものだが、素材自体が美味しかった。コーヒーもすごくコクがあって深みがあった。

こうして、二人でバスローブ姿で朝食を摂っていると、まるで二人が恋人か夫婦のようだ。この人が恋人だったら、それだけで、生きている意味がある。

朝食を食べ終えると、奈央が訊いてきた。

「まだ時間は大丈夫そう？」

「ああ、はい……午前中は平気です」

本当は午前にも大学で出席しなければいけない講義があるが、この時間のほうが断然大切だ。

「そう……じゃあ、もう少しゆっくりしていって。わたしも今日の仕事は午後からだから。それまでのんびりしたいの。明日から、ケニア行きの準備に追われるから」

奈央は残っていたコーヒーをソファの前のテーブルに置いて、ソファで寛ぐように言い、自分は朝食の後片付けに入る。

食器を洗って、水切り籠に立てている奈央を見ると、胸が甘く疼《うず》いた。

後片付けを終えた奈央がやってきて、ソファの隣に腰をおろして、残っていたコーヒーを啜った。

それから、郁夫の肩に顔を預けてきた。

「来週から、講義をしばらく休むことになるのよ。大学のほうには許可をもらっているんだけど……ゴメンね」

耳元で囁《ささや》く。

「ああ、はい……残念ですが、仕方ないです。でも、奈央さんには絶対、ケニア留学のほうが大事だと思うので、気にせずに行ってください」

「きみはやさしいね。あれから毎朝通ってくるし……真面目なのよ。でも、ここはそうでもないみたい」

奈央はバスローブを持ちあげた勃起を上からかるくつかむと、郁夫の顔を自分のほうに向かせて顔を寄せてきた。

あっと思ったときは、キスされていた。

薄く知的な唇だが、実際に触れるとすごく柔らかい。それに、とてもいい匂いがする。

イチモツが大きく頭を振って、奈央がびっくりしたように指を離し、

「すごいわね、今、ビクンって……」

郁夫を見て、真っ白な歯をのぞかせた。

「すみません……」

「いいのよ。きみはあれから毎朝、外苑まで通ってきた。でも、わたしは明日からしばらくは外苑を走れない。ゴメンね……これは、これまでのご褒美……」

アーモンド形の目で郁夫を見ながら、また唇を寄せてきた。

ちゅっ、ちゅっとついばむように唇にキスをし、少し距離を取って、郁夫を見つめ、

「来て」

郁夫の手をつかんで、立ちあがった。

そのまま郁夫を隣室のベッドルームに連れて行く。

ロールスクリーンのカーテンから朝の陽光が洩れて、セミダブルのベッドを浮かびあがらせていた。

奈央はベッドの前で立ち止まり、郁夫の腰紐を外して、バスローブを脱がした。

モジャモジャの陰毛からいきりたっているものをちらりと見て、すごいわ、と言う顔をした。

それから、自分のバスローブも肩からすべり落とした。

現れた裸身は細身だが、いまだアスリートの体つきをしていた。

乳房は控え目で、腰はパンと張っていて、全体のバランスが取れている。

とくに乳房は上側の直線的な斜面を下側の充実したふくらみが押しあげて、中心より少し上についた乳首がツンと誇らしげにせりだしていた。

奈央は乳房を手で隠しながら、郁夫の手を引いて、ベッドにあがった。そして郁夫のほうを向きながら、ちゅっ、ちゅっとキスをする。

（ああ、俺は今、あの冴島奈央と同じベッドに入っているんだ！）

郁夫は舞いあがった。

最近は夢のような出来事がつづいたが、まさか、世界選手権のマラソンで三位に入った世界的アスリートとベッドインできるなんて、とても現実だとは思えないのだ。

奈央は上になって、仰臥した郁夫の唇にキスをし、それから、首すじから胸板へと窄めた唇をおろしていく。

ついには、小豆色の乳首にかるくキスを浴びせ、ゆっくりと舐めあげてきた。ぞわぞわっとした戦慄が走り、郁夫は「くっ」と呻く。

「いい感じ？」

奈央が唇を接したまま、上目遣いに見あげてきた。

「はい……いい感じです」

言うと、奈央は舌を出したまま顔を上下に振る。すると、濡れた毛先が胸板をなぞってきて、くすぐったい。

そのくすぐったさが、ぞくぞくした快感へと変わる。

3

奈央の顔が少しずつさがっていき、連続したキスもおりていく。

(ああ、どんどん近づいていく！)

温かい息が徐々に下腹部へと寄っていった。

(まさか、あの世界の冴島奈央が俺のをフェラチオしてくれるなんて、あり得ないだろう。だけど、ああ……！)

しなやかな指がギンギンになったものに触れたのだ。

奈央の指がイチモツの硬さや形を確かめるようにおずおずと動き、ついには握ってきた。

(ああ、ウソだ！)

郁夫は顔を持ちあげて、そこを見た。

現実だった。奈央の細くて長い指が茎胴にまとわりついて、ゆったりと上下に動く。

「ああ、くっ……！」

思わず呻くと、奈央の指が焦らすように屹立を離れ、太腿へとすべっていった。大腿四頭筋《だいたいしとうきん》をひとつひとつ確かめるように撫でて、内側の内転筋をなぞりあげてきた。くすぐったさが一気に快感へと変わり、

「ぁあああ……！」

郁夫は自分でも驚くような声をあげていた。

「ふふっ……内転筋が感じるのね。じつはわたしもそうなのよ。ここを撫でられると、おかしくなってしまう」

奈央の言葉が、郁夫を一気にオスへと変えさせる。

（そうか……そうだよな。奈央さんだって、二十九歳の女盛りなんだ。セックスしていないほうがおかしい。現役時代はどうかわからないが、引退してからは、あのウワサにあがっていたプロ級選手とかに抱かれていたんだろう）

そう思うと、分身がますます硬くなった。

内転筋を撫であげてきた奈央の指が、屹立にたどりついた。

「硬いのね。どんどん硬くなってくる……忘れていたわ、この感触」

そう言って、奈央はゆっくりと茎胴を握りしごく。

（ってことは、最近はセックスしていなかったってことか……俺がひさしぶり

だってことだよな)

もし奈央に恋人がいたら、郁夫を誘うようなことはなかっただろう。

(そうか……奈央さんだって寂しいんだろうな)

それがわかると、気持ちがだいぶ楽になった。

次の瞬間、奈央が亀頭部にキスをしてきた。

唇を窄めて、丸い頭部に当てて、ちゅっ、ちゅっと吸う。

「ぁあああ……!」

自分でもびっくりするくらいの声をあげていた。それはそうだろう。あの冴島奈央が自分のおチンチンにキスしてくれているのだから。

柔らかな唇が押しつけられ、鈴口を舌先がちろちろとくすぐってきた。

(ああ、こんなことまで!)

なめらかな舌先が少しさがっていき、亀頭冠の真裏を攻めてきた。

敏感な個所にキスをされ、舌で左右に弾かれて、郁夫は湧きあがってくる掻痒感に酔いしれる。

そのとき、柔らかな唇が上からかぶさってきた。

途中まで咥え込んで、そこから上へと唇をすべらせる。

血管の浮かんだ根元を握って力を込める。

そして、余っている部分に唇を往復させるのだ。それが徐々に勢いを増してくる。

握り込んだ指先に力を込めるものの、しごこうとはしない。

むしろ、ぎゅっと包皮を押しさげている。そうなると、余っていた皮が完全に剝けて、下へと引っ張られて、そこを唇で刺激されると、今まで以上の快感がひろがってきた。

「ぁああ、くっ……あああ、そこは……」

思わず言うと、奈央は咥えながら、ちらりと郁夫を見あげてくる。

まるで、自分の性技がもたらす効果を推《お》し量っているような妖しい目で、郁夫を見ながら、ゆっくりと顔を上げ下げする。

下を向いたときに、まだ濡れている髪の毛先が腹部や鼠蹊部に触れて、それがまた気持ちいい。

奈央はいったん吐き出して、肉棹を握ってしごきだした。

激しく肉茎を指で擦りながら、自分の指の動きをじっと見つめ、きっとそら豆みたいな顔をしているだろう亀頭部にちゅっ、ちゅっとキスをした。

「あっ……あっ……！」

そのたびに、郁夫の腰はびくん、びくんと勝手に撥ねる。

奈央は満足そうに微笑み、また唇をかぶせてきた。

今度は指を離して、一気に根元まで咥え込んでくる。

そこで動きを止めて、肩で息をした。

それからもっと咥えられるとでも言うように、ぐっと奥まで頬張ってくる。

「くっ……！」

郁夫はギンとした分身が奈央の口腔にすっぽりと埋まっているのを感じて、深い満足とともに、自分ごときにあの冴島奈央がこんなことをしてはいけないという気持ちになった。

「ぁああ、奈央さん、申し訳ないです。そんなことまでされたら、俺……」

思わず言うと、奈央はちらっと郁夫を見て、薄く微笑んだ。

それから、陰毛に唇が接した状態で、なかで舌をからませてきた。

（ああ、すごい……！）

目を瞑《つむ》りたいのをこらえて、郁夫は必死に目を開けつづけた。

すると、奈央がゆっくりと顔を振りはじめた。

これが現実だとはにわかには認められなかった。

もっともリスペクトする、女性マラソンランナーが自分のおチンチンを一生懸命に頬張ってくれているのだ。

ジュブッ、ジュブッと唾音を立てて、豊富な唾液でとろとろにしながらも、リズミカルにイチモツを上から下まで頬張ってくれている。

這う姿勢なので、高々と持ちあがったヒップがよく見える。見事に発達した双臀が外苑の銀杏みたいな形で割れている。

垂れ落ちた髪で半ば隠れているものの、この女は正真正銘の冴島奈央なのだ。髪をかきあげるときに、はっきりとそれがわかる。

Ｏの字に開いた唇が勃起の表面を擦るたびに、めくれあがり、微妙に形を変える。

とろとろの唾液がしたたり落ちて、郁夫の陰毛を濡らしている。

奈央はふたたび根元を握って、余っている部分に唇をかぶせてきた。

さっきまでとは違って、今度は指と口を一緒に動かしはじめた。

濡れた髪を躍らせて、顔を激しく上下に打ち振り、それと同じリズムで指で根元をしごいてくる。

根元も気持ちいい。

だが、亀頭冠を中心に唇を往復されると、ジーンとした痺れにも似た快感がうねりあがってきた。

「ああ、ダメだ。出そうです！」

ぎりぎりで訴えると、奈央は顔をあげて、またがってきた。

すらりとしていながらも強靱な足で郁夫をまたぎ、片膝をあげて、いきりたつものを自分の花芯に擦りつけ、

「ぁあああ、あああ……」

気持ち良さそうな声をあげて、顔をのけぞらせる。

驚いたのは、奈央のそこがすでにぐっしょりと濡れていて、亀頭部がぬるっ、ぬるっとすべることだ。

（すごい！　全然愛撫していないのに……奈央さんは俺のを咥えただけで、こんなにオマ×コを濡らしている）

屹立を押しつけて、奈央があげていた片方の膝をおろし、沈み込んできた。

（ああ、狭い！）

あんなに濡れているはずなのに、膣口が窮屈すぎて、なかなか入っていかない

のだ。

奈央はいったん腰を浮かせて、自分で陰唇をひろげ、その体勢で慎重に腰を落とした。

すると、切っ先が狭いところをこじ開けていくような強い抵抗感があって、そこを通過すると、

「ぁあああ……！」

奈央が腹の上でのけぞった。

（ああ、すごい……！）

郁夫もくっと奥歯を食いしばっていた。

膣の粘膜がぎゅ、ぎゅっと強く分身を締めつけてきたからだ。

下半身を鍛えている女性は、きっとあそこの締まりもよくなるに違いない。

粘膜がうごめきながら、肉棹にまとわりついてくる。同時に、きゅっ、きゅっと窄まりながら、イチモツを奥へ奥へと吸い込もうとする。

必死に暴発をこらえていると、奈央が上で動きはじめた。

両膝をぺたんとシーツについて、腰を前後に打ち振る。

（ああ、気持ち良すぎる……！）

郁夫は必死に暴発をこらえた。

奈央は下半身が柔軟で強いのだろう。腰振りもなめらかでいながら激しく、振幅も大きい。

いきりたっている分身が前後に揺れて、揉み抜かれる。

すると、奈央は微妙に腰の振り方を変えて、

「ぁああ、当たってるわ。きみのおチンチンがいいところに当たっているのよ。ぁああ、硬い。硬いのが奥を捏ねてくる。ぁああ、苦しい……」

そう言って、両膝を立てた。

ランナーは股関節が柔軟だから、足が大きく開く。

そのまま後ろに手を突いて、かるくのけぞる。長い足が大きくひろがっているので、I字形の密生した翳りの底に、リュウとした勃起がしっかりと嵌まり込んでいるのが見える。

奈央が腰を振るたびに、蜜にまみれたイチモツが膣を出入りするのが、はっきりと目に飛び込んでくる。

しかも、郁夫が今相手にしているのは、世界陸上のマラソンで胴メダルを獲得した世界的にも有名な美人ランナーなのだ。

走っているときは情熱的だが、普段はどちらかと言うとクールで冷静なタイプだ。その女性が、今は自分のイチモツを受け入れて、腰を振りたくっている。

「ぁああ、あああ……気持ちいい。ぐりぐりしてくる……きみのがなかを……ぁあああ、やぁああ、止まらない。やっ、やっ、やっ……はうぅぅ」

奈央は自分のしている大胆すぎる行為が信じられないとでも言うように、首を左右に振った。

それでも、腰の動きはいっこうに止まらず、むしろ、どんどん激しくなっていき、ついには大きくグラインドさせて、

「ぁああ、ああああああ、いいの……いいよ……いいのよぉ」

大きく顎をせりあげて、腰をくい、くいっ、くいっと切れ味鋭く振っている。

膣に分身が出入りし、ジュブジュブと淫靡《いんび》な音を立てる。

「ぁああ、出そうです！」

ぎりぎりで訴えると、奈央はのけぞっている状態から上体を立てた。

蹲踞の姿勢になって、腰を上下に振りはじめた。

ほとんどスクワットと同じ体勢である。並の女性なら、絶対にきつい。

だが、奈央は並の女ではない。スクワットの要領で腰を上げ下げして、

「あっ、あっ、あんっ……！」

よく響く声で喘ぐ。

乳房も弾み、髪も揺れている。

その美しい裸身を、ロールカーテンから洩れている朝の陽光が仄白く照らしている。

ほぼ上体を垂直に立てていた奈央が、両手を郁夫の胸に突いて、前に屈んだ。

その姿勢で、腰を打ち振る。

抜けそうなところまでぎりぎりあげて、そこから、打ちおろしてくる。

元アスリートは腰が強い。

パン、パン、パンと破裂音がして、肉棹が膣の奥へと吸い込まれ、

「あんっ……あんっ……あんっ！」

奈央は外に洩れるのではないかというような声をあげて、腰を打ち据えてくる。

これは効いた。

「ぁああ、くっ……！」

郁夫は射精ぎりぎりのところで、奈央の腰をつかんで動きを止めた。

「ダメです。出ちゃいます！」

「じゃあ、こうして……」

奈央は前に突っ伏してきて、郁夫にしがみついてくる。

「これで、下から突きあげてみて。できそう？」

「はい……やってみます」

郁夫は細身だが、出るべきところは出た肢体を強く抱き寄せて、腰を躍らせる。ぐいぐいぐいっと下から突きあげると、勃起が斜め上方に向かって膣を擦りあげていって、

「あんっ、あんっ、あんっ……ぁああ、すごい、すごい……いいのよ。出しても……わたしはピルを飲んでいるから大丈夫。出していいのよ。ちょうだい。いいのよ……」

奈央が甘く誘ってくる。

そう言われると、郁夫ももう自分を抑制できなくなった。

「イキますよ」

郁夫は射精覚悟で下から腰をせりあげた。

切っ先が奥のほうへと潜り込んでいって、

「あんっ、あんっ……ぁああ、イキそう。わたしもイク……いいのよ。来て……

来て……来て……はうぅぅぅ、今よ！」

奈央がそう言って、しがみついてくる。

郁夫ももうぎりぎりまで昂っていた。甘い陶酔感がぎりぎりまでふくらんでいて、それが郁夫の腰の動きを後押しする。

つづけざまに突きあげたとき、

「あんっ、あんっ、あんっ……イクぅぅぅぅ……！」

奈央が身体の上でのけぞり、その直後、郁夫も熱い男液をしぶかせていた。

4

奈央はふたたびシャワーを浴びて、バスルームから出てきた。

おそらく、膣から精液を絞り出して、きれいに洗ってきたのだろう。

郁夫がバスローブをはおって、キッチンテーブルの椅子に座ってコーヒーを飲んでいると、奈央がやってきた。

バスローブをはおっているだけなので、形のいい乳房や細長い陰毛がのぞいている。

それを目にした瞬間、またイチモツが力を漲らせた。

と、それを見つけた奈央が、椅子の向きを変えさせて、外側を向かせ、郁夫の前にしゃがんだ。

フローリングの床に片膝を突いて、いきりたつものにキスを浴びせ、それがますますギンとしてくると、顔を寄せて頬張ってきた。

(ああ、これは……!)

奈央は素早く唇を往復させて、勃起をしごくと、ちゅるっと吐き出して、

「まだまだ元気なのね。さすがね、あなたの走りと一緒で回復力が早い。わたしも回復力は抜群にあったのよ」

「知っています。一度抜かれても、抜き返していましたものね」

奈央はうなずいて、勃起に付着している自分の愛蜜と精液を舐めて、清めていく。

すでに髪は乾いていて、その柔らかく波打つ髪が美しい顔を隠している。

丹念に舐め取って、奈央はいきりたったものを握りしごき、

「もう一度してもらえる?」

恥ずかしそうに訊いてきた。

「もちろんです」

郁夫は勇んで答える。

「あとね……わたし、じつはセックスではMっけがあるみたいなの……言っていることはわかる？」

「……ええ、何となく」

「だから、手加減しないでほしいの。きみはまだ若いし、やさしくしようなんて考えなくていいから、好きにして……そのほうが、わたしは燃えるのよ」

奈央がちょっと恥ずかしそうに言った。

「わかりました。今度は俺が攻めます」

奈央がうなずいて、二人はベッドに向かう。

ベッドの前で、郁夫は奈央のバスローブを強引に脱がせた。

そして、そのまま奈央をベッドの端に這わせる。

「ああ、いやよ、この格好……恥ずかしいわ」

そう言いながらも、奈央はベッドに四つん這いになって、尻を突き出してくる。

奈央は身体が柔軟で尻が大きいからだろうか、この女豹のポーズをすると、一段と色っぽく見える。

郁夫は床にしゃがんで、尻たぶの底に顔を寄せた。

双臀《そうでん》の谷間にはセピア色のかわいらしいアヌスがあって、ひくひくと窄まっている。幾重もの皺が集まっている、とてもきれいな小菊だった。

あの冴島奈央にこういう排泄器官があるということ自体が、どこか現実だとは思えない。

その下側に女の花園がひろがっていた。

全体にこぶりだが、陰唇自体はふっくらとしており、周囲の恥毛がきれいに剃られていて、肉の唇が突き出している。

その狭間には、これもびっくりするほどに鮮やかなサーモンピンクの粘膜が顔をのぞかせている。

(ここに俺はペニスを入れたんだな)

そう思うと、下腹部のものが一段とエレクトして、臍に向かった。

挿入したいという気持ちを抑えて、狭間を舐めた。

いっぱいに出した舌で、ぬるっ、ぬるっと粘膜をなぞりあげると、

「ぁあああ……ぁあああ、気持ちいい……どうしてこんなに気持ちいいの?」

奈央がもう我慢できないとでも言うように尻をくねらせた。

入れたいという気持ちを必死にこらえて、粘膜を何度も舐めあげた。それから、笹舟形の下のほうで飛び出している肉芽にも舌を走らせる。

「ぁああ、そこ……あん、あん、あん……ぁあああ、もっと強くしてもかまわないのよ」

奈央が訴えてくる。

郁夫は包皮を指で剝いて、じかに本体を舐めた。

奈央の手加減しないでいいという言葉を思い出して、強めに弾いた。れろれろっと上下左右に打ちつけると、

「あんっ、あん、あっ……ぁああ、いい！」

奈央はぐいぐいと尻を突き出したり、引いたりする。

(もっと強くしていいんだな)

思い切り吸ってみた。肉芽を根元から吸引すると、

「ぁあああ……！」

奈央はがくん、がくんと震える。

郁夫は吐き出して、さっきより明らかに大きくなったクリトリスを指で弾いてやる。ちょん、ちょんと指先で弾くと、それに合わせて、

「あんっ、あんっ、あんっ」

奈央が喘ぎをスタッカートさせる。

目の前の花園がひろがって、内部からとろっとした蜜が表明に浮かび、ぬらぬらと光っている。

もう我慢できなくなった。

床に立って、尻を引き寄せて、切っ先を沈み込ませていく。亀頭部が小さなとば口を押し広げながら蹂躪《じゅうりん》していく確かな感触があって、

「ぁあああ……！」

奈央が顔を大きくのけぞらせた。

さっき奈央は好きなようにしていいといった。それに、郁夫も射精して間もないから、まだまだ放ちそうにもなかった。

郁夫は両手でくびれたウエストをつかみ、ダン、ダン、ダンと連続して打ち込んでいく。

とても窮屈な肉路が締めつけてきて、それを押し退《の》けるように抜き差しをする。

やはり、奈央のそこは緊縮力が強い。

郁夫は強く打ち込みながら、冴島奈央が世界選手権で銅メダルを獲ったときの

走りを思い出していた。終盤で抜かれていったんは四位に落ちながらも、最後に盛り返して三位選手を抜き返したときのあの走りと、苦しげだが、どこか誇らしげな表情を。

(俺だって負けない。絶対にああいう走りをする！)

今、自分はその選手と一体化している。

きっとこれは、奈央からその根性を受け継がせてもらっているのだ。

パン、パン、パンと力強く叩きつけていると、

「あん、あん、あん……いくぅ……！」

奈央はのけぞり返って、がくん、がくんと躍りあがった。

それから、どっと前に突っ伏していく。

うつ伏せになった奈央の肩と背中、尻のラインが美しく、いやらしかった。

郁夫は奈央を仰向けにさせて、膝をすくいあげる。

イチモツをめり込ませながら、覆いかぶさっていく。

「ぁああ……！」

奈央は両手を頭上にあげて、右手で左手首をつかんだ。

こうすると、腋の下も何もかもがあらわになって、そのすべてをゆだねますと

いう雰囲気がたまらなかった。

（ああ、俺にもやはりＳっけがあるんだな）

それを自覚しつつ、乳房をつかんだ。

形のいい乳房は思ったより柔らかくて、揉むほどに形を変えて、指にまとわりついてくる。青い血管が透け出ていて、その模様が艶めかしい。

ぐいぐいと揉みしだくと、

「ぁああ、あああうぅぅ……」

奈央がつらそうに眉根を寄せた。

やめようとすると、

「やめないで、つづけて、お願い」

奈央が泣き顔で言う。

（やっぱり、Ｍなんだな）

郁夫は乳首を攻めた。

柔らかなふくらみのなかで異質な硬さを持つ突起をかるくつまんで、くりくりと転がすと、

「ぁああ、いい……」

奈央が顎をせりあげる。

だったらと、ちょっと強めに捏ねてみた。乳首が悲鳴をあげているのがわかる。

奈央もつらそうに眉を八の字に折っている。

だが、きっとその苦しみを快楽に変える能力を奈央は持っているのだろう。

「いいの、いいの……ぁあうぅ」

と、どこかうっとりしている。

確か、β《ベータ》−エンドルフィンという脳内麻薬が鎮痛効果を発揮して、苦しみを昂《こう》揚《よう》感に変えるらしい。

ランナーズハイの現象も、このエンドルフィンの分泌《ぶんぴつ》によって起こるのだと言われている。

(そうか……きっと、奈央さんはこのエンドルフィンを分泌することができるんだな。身体がそうなっているんだ。マゾなんだ。だからあのスパートができるんだ)

郁夫は乳首を強く圧迫してコネコネしながら、ストロークを打ち据えた。

「あんっ、あんっ、あんっ……ぁああ、おかしいの。わたし、おかしいの。また、またイクわ……」

奈央がさしせまった様子で訴えてくる。

「まだですよ。まだイってはいけません」

郁夫は挿入しつつ、乳首に貪りついた。

しこっている乳首を吸い、甘嚙《が》みし、もう片方の乳房を荒々しく揉みしだく。

「ぁああ、痛い……痛い……」

「やめましょうか?」

「つづけて。もっと、もっと嚙んで……もっと……」

奈央がせがんでくるので、郁夫は強めに甘嚙みした。さらに、強烈に吸うと、

「やぁあああああぁぁぁ……!」

奈央は顎をいっぱいにせりあげて、頭上にあげた手指で枕をつかんだ。

「出しますよ。いんですね?」

「ああ、ちょうだい……わたしをメチャクチャにして。メチャクチャに」

郁夫はスパートした。

二度目だが、つづけざまに擦りあげると、またあの熱い逼迫感が押し寄せてきた。

郁夫はぎゅっと奈央を抱きしめ、両足を伸ばして、体重を切っ先に乗せて突き

刺していく。

ぐいぐいぐいっと膣粘膜を擦りあげていくと、入口となかが二段に締まってきて、あっと言う間に追い詰められた。

「イキますよ。出しますよ」

今日二度目のスパートだが、疲れはないし、息が切れることもない。セックスしていると、自分がアスリートでよかったと思う。

郁夫は最後に、奈央の両腕を上から押さえつけて、渾身《こんしん》の力で腰をつかった。犯しているような気持ちで、ぐいぐいぐいっと突き刺していくと、

「あん、あん、あんっ……ぁあああ、イク、イク、イク……またイクぅ……ろぁあああああぁぁぁぁぁ、くっ！」

奈央がのけぞって嬌声を張りあげ、その直後、駄目押しとばかりに打ち据えたとき、郁夫も放っていた。

その下で、冴島奈央はがくん、がくんと痙攣をつづけていた。

第四章　女子マネージャーの支配

1

その日、S大学陸上部長距離部門が定期的に行なっている一万メートルの模擬レースが行われた。

郁夫は最近は厳しいトレーニングをしていないから、どうせダメだろうとかるい気持ちで模擬レースにのぞんだ。

ところが、走りだすと足はかるく、一応トップ集団についていけるところまでついていこうと有力選手たちのすぐ後ろにつけた。

面白いように足が動いた。

そして、残りトラック二周のところでスパートしてみた。

すると、あっと言う間に抜け出して、ゴールしたときは後続に五十メートルの差をつけていた。

これには自分も驚いた。

全力で走っているわけでもないのに、記録もとても優秀なもので、この練習場で計った一万メートルの記録としては、自分のなかではもっとも良かった。

走り終えると、すぐに中西千里がスポーツ飲料のペットボトルを持ってきて、

「先輩、すごいですよ。まだまだ余力を残して、ぶっちぎり一位じゃないですか？」

と、ペットボトルを渡してくれる。

「ああ、まぐれだな、きっと」

そう言って、ごくごくっとスポーツ飲料を飲む。

走っていて、愉しいと感じたのは、この前、外苑で冴島奈央と走って以来だ。

その奈央も今はケニアの練習視察に出かけていって、しばらくは帰ってこない。

郁夫はあの感覚を忘れまいとして、時々、外苑で市民ランナーとともに走っていた。その効果が出たのだろうか？

それとも、やはり、涼子が言うようにオーバートレーニングが原因で調子を落としていて、練習量を減らしたらてきめんに効果が出たということなのか？

自分でも不思議な感覚だった。

メンバーを落ちてから、監督の妻である涼子に筆おろしをしてもらった。

それで何か流れが変わったのか、女子マネージャーの中西千里を抱き、ついには、伝説の美人ランナー冴島奈央とベッドインするという恩寵《おんちょう》にあずかった。

普通は、禁欲生活を送ってきたアスリートが性に目覚めて奔放《ほんぽう》になると、記録は落ちるものではないだろうか？

しかし、郁夫は逆に記録が伸びた。

「この調子を保っていければ、H駅伝の予選会で、いい記録が出るんじゃないですか？」

芝生に座り込んで水分を摂る郁夫の目の前に、ジャージを盛りあげた大きな胸のふくらみがせまってくる。

「だといいんだけどな……でも、あれはハーフマラソンだからな。十キロと二十キロは違うから」

「きっと先輩なら大丈夫ですよ。だって最後まで全然バテていなかったじゃないですか」

そう言って、千里はきらきらした目で見つめてくる。

さらには、他人には見えない角度で、胸のふくらみをさりげなく郁夫の左肘に当て、郁夫に向かってしゃがみながら大きく足を開いている。

郁夫はあそこがむくむと頭を擡げてくるのを感じた。

冴島奈央のマンションでその素晴らしい肉体を抱いてから、しばらく女性に触れていない。そのせいか、分身がいち早く反応したのだ。

あれから、千里とはセックスしていない。

誘えば乗ってくるだろうが、後輩女子マネージャーと何度も身体を合わせてはさすがにマズいというブレーキが自然にかかっていた。

「明日の夜とか、空いてますか？」

千里が耳元で囁いた。

「……一応、空いてるけど」

「じゃあ……」

千里が何か言いかけたとき、

「中西さん、何をしてるの？」

声のほうを振り向くと、そこには、ジャージ姿の田井中望美が立っていた。

すらりとした長身で、ダサいメガネをかけて、自分をわざと不細工に見せているものの、メガネを外したら、とんでもない美人であることはみんな知っている。

うちの女子マネージャーをまとめるリーダーである。

高校生のときは女子バレーボールの有力選手で、キャプテンもやっていたらしい。推薦入学で、大学バレーでもエースアタッカーとして活躍が期待されたものの、一年のときに膝十字靱帯断裂《ひざじゅうじじんたい》の大怪我で、競技をつづけられなくなり、もともと好きだった駅伝を応援したくて、女子マネージャーになったと聞く。

郁夫の一年先輩であるが、望美はすでに多くの体験をしており、郁夫には年齢以上の先輩に映っていた。

何度かメガネを外したときの顔を見たことはあるが、目の覚めるような美貌で、しかも手足も長く、胸も大きく、郁夫には近寄り難い存在だった。

その望美が腕を組んで、仁王立ちしている。

「すみません。先輩の水分補給を……」

千里がおどおどして言う。

二人は相性が悪く、千里は望美に目をつけられていて、びくびくしている。

「もうここはいいから。あなたは記録係でしょ。持ち場を放棄しないで、するべきことをして」

「はい……！　すみませんでした」

千里はさっと立ちあがって、走っていく。

代わりに、望美が前にしゃがんだ。

「亀山くん、中西千里には気をつけてね。あの子、きみを狙っているみたいだし……」

そう言って、望美がメガネをあげた。濃紺のフレームの大きなメガネで、明らかに似合っていない。

「ああ、はい……」

郁夫はそう答える。本当はもう関係してしまっているが、それは絶対に悟られてはいけない。

「今日の走り、すごかった。わたしみたいな素人が言うのも何だけど、妙な力みがなくなっていたし、すごくリラックスして走れていた気がする。すごいね。この前のメンバー落ちで焦っているのかと思ったけど……」

「きっと、もうどうにでもなれて、居直ってたからよかったのかもしれません」

「……亀山くん、何かあった？」

「えっ……？」

「何か、雰囲気が前とは変わった気がする」

以前に、千里にも同じことを言われた。

きっと、童貞を卒業すると、男の放つオーラみたいなものが変わってくるのだろう。

「いや、別に……」

「そう？　でも、中西さんにはくれぐれも用心して」

「わかりました」

「監督もおっしゃっていたけど、亀山くんが頑張れば、今年こそはH駅伝の切符を取れると思うの。だから、今日の記録はすごくうれしかった。今の調子で行けば、絶対に予選会で好記録を出せる。頑張ってね」

「はい……！」

これまで高嶺《たかね》の花だと思っていた望美に励まされた。そのことがうれしい。

望美が足早に去っていく。

後ろから見ても、その長身と足の長さは際立っていて、吊《つ》りあがったヒップが随分と高い位置にあるのがわかる。

望美の言う予選会とは、一か月後に行われる来年の正月のH駅伝の予選を指す。

H駅伝はまずは、前年の大会での十位以内の大学がシード校として出場できる。

あとの十校は予選会での記録上位チームが選ばれる。

予選会はハーフマラソンを一大学十名から十二名が走り、各大学の上位十名の合計タイムで決まる。

S大学はいまだ出場未経験なので、この予選会に懸けることになる。

前年のH駅伝に参加して、十位までに入れなかったチームが十あるわけで、これらの強豪を押し退けて十位内に入るのは容易ではない。

だが、S大学は前年度は十三位だったから、上手く行けば予選を通過できる可能性は大いにあった。

（よし、この調子で行けばどうにかなるだろう）

郁夫はペットボトルのスポーツ飲料水をごくっ、ごくっと飲んだ。

2

その夜、五十嵐涼子がマッサージに来てくれるというので、郁夫はわくわくして部屋で彼女を待っていた。

（いい記録を出したから、そのご褒美をくれるんじゃないか？　絶対にそうだ）

あの夜、童貞を捧げてから、二度ばかり誘った。

しかし、涼子は応じてくれなかった。だが、今日は、

『今夜、マッサージに行くわね』

と、自分から言ってくれた。

これはもう、そのご褒美をもらえるのだと思った。誰だってそう思うだろう。待ちわびていると、ドアをかるくノックする音がして、郁夫はすぐにドアを開ける。

ジャージ姿の涼子を招き入れて、即座にドアを閉める。

「今日の記録は素晴らしかったわ。安心した。やっぱり、きみはオーバートレーニングだったんだわ。このままの調子で行ってほしい。そのためには、疲労を溜めないことね。今日はひさしぶりに一万メートルを走ったんだから、溜まっている疲労物質を取ることね。この前みたいに、そこに寝て」

涼子が言う。

郁夫は嬉々として、バスタオルを敷き、その上にうつ伏せに寝た。

涼子はまずは上半身から揉みほぐしてくれる。

「不思議ね。前と較べて、すごく筋肉がしなやかになっている。でも、足の筋肉

は確実に太くなってる」

涼子はハーブの香りがするマッサージオイルを塗り込み、中心から外側へと筋をマッサージしながら、言った。

「やっぱり、きみが女性を知ったことが、何らかの影響を与えているような気がするんだけど……きみはどう感じている？」

「はい……きっとそうだと思います。ホルモン分泌の関係もあるだろうし、いちばんは精神的なもののような気がします。いい意味で走ることがすべてじゃないとわかって。すごくリラックスして走れるようになりました」

「そうね。それはわかった。今日のきみの走りを見ていて……」

涼子の手が下半身へとおりていった。

「肩の力が抜けていて、理想的な走りに見えた」

「あ、ありがとうございます」

手のひらで温められたマッサージオイルが太腿の裏側に伸ばされ、ハムストリングから内転筋を揉みほぐしてくれる。

手のひらの位置が本体に近くなって、分身がたちまち力を漲らせてきた。

やはり、自分はこの人が好きなのだ。

涼子に男にしてもらった。おそらく記録が良くなったのも、涼子のアドバイスのお蔭だ。あれから二人の女性とも関係を持ったが、涼子は自分には特別な存在だった。

(このまま仰向けになったら、涼子さんは事態を理解して、アレをしてくれるだろうか?)

しかし、自分からは言い出せない。

我慢してマッサージを受けた。涼子のしなやかな指が内転筋を揉んできたとき、イチモツには完全に力が漲ってきた。

(ああ、ダメだ)

我慢できなくなって、郁夫は体の向きを変え、涼子に抱きついた。

「待って……」

涼子がそれを制して、立ちあがった。

「ゴメンなさい。それは待って」

「どうしてですか?　俺はあなたに男にしてもらって、記録が伸びた。これからだって……」

「そうよね。わたしもしてあげたいし、したいのよ、きみと」

そう言って、郁夫を見る目はウソをついているようには見えなかった。

「でもね、じつはわたし、ある人に脅されているの。これ以上、きみに近づいたら、二人の関係をバラすと」

「えっ……？」

「この前、この部屋に来たとき、見られていたみたいで。実際に盗み聞きされていたみたいなのよ」

「誰ですか？　それ。寮生の誰かなんでしょ？」

「寮生ではないわ」

「じゃあ……」

そのとき、郁夫の脳裏をある女性の顔がよぎった。

同じような経験をしたなと思ったからだ。郁夫に千里が近づいたとき、彼女は千里に注意をした。

女子マネージャーも基本的には男子寮には入れない。しかし、マネージャーのトップである田井中望美だけは監督や涼子との打ち合わせが頻繁にあるから、寮を自由に出入りできる。

「ひょっとして、女子マネの田井中望美さんですか？」

名前を出すと、図星だったのだろう、涼子の目がカッと見開かれた。

「やはり、そうなんですね？　彼女、今日も中西千里が俺の世話をしていたら、すごい顔でやってきて……」

「あの子、異性関係はアスリートの能力を奪うと思っているのかもしれないわね。とても一途な子だから……きっと、そういうのも彼女の正義感からくるものなのよ」

涼子が言って、つけ加えた。

「でも、それだけじゃないかもしれないわね」

「えっ……？」

「わからないの？」

「……」

「あの子はたぶん、きみのことが好きなのよ」

「いや、それはないですよ。だいたい俺、そんなにモテないです」

郁夫は強く否定した。自分ごときの一学年下の男を、マネージャー・リーダーである望美が好きになるわけがない。

「きみはわかっていないのよ。中西千里がきみに近づくたびに、彼女は千里を注意するんでしょ？　それはつまり嫉妬しているからなのよ」

「……まさか？」

「この前も、きみの部屋に行く前に、わたしは望美さんと打ち合わせをしていたのよ。大会に使う飲料水のことで……それが終わってから、わたしはきみの部屋に行って、マッサージをするからと言って、部屋を出た。だから、彼女は気になってこの部屋の様子を見に来たんだわ……それはつまり彼女がきみのことを意識していたからだと思うのよ」

郁夫は絶句した。

「今日、彼女はわたしがここ来ていることは知らないと思う。でも、怖いのよ。どこかで彼女がわたしたちのことを見張っているような気がして」

涼子の気持ちはわかった。

涼子は寮母であり、選手たちの憧れの存在であり、また監督の妻でもある。そういう存在が部員に手を出したことが公になったら、大問題になる。

「わかりました。でしたら、もう部屋を出たほうがいいですよ。何が起こるかわからないし……」

「そうね。でも、もう少しだけなら……」

涼子は郁夫の唇に唇を重ね、折り重なるようにそっとベッドに倒した。

キスをしながら、股間のものに触れて、それが一気に硬くなると、

「怖くて、セックスはできない。でも、口でなら……」

そう言って、涼子はブリーフをおろした。

びっくり箱のように飛び出してきた分身が、力強くそそりたっているのを見て、涼子がハッと息を呑むのがわかった。

「気のせいかしら？　この前よりも、大きくなったような気がする」

ちらりと郁夫を見て、足の間にしゃがんだ。

這うようにして、亀頭部にかるくキスを浴びせてくる。戯《たわむ》れるようなキスをして、口を開いて鈴口を舌でなぞってくる。

赤い舌を使いながら、髪を艶めかしくかきあげて、郁夫を見あげる。

目が合うと、恥ずかしそうに目を伏せて、亀頭冠の出っ張りに沿って、ぐるっと舌を走らせる。

「あ、くっ……！」

思わず呻くと、涼子は口の前に人差し指を立てて、シーッをする。

それから、根元をつかんでぶんぶん振るので、屹立も頭を振って、ぺちぺちと

下腹部を叩く。その刺激で分身はますます硬くなった。

すると、涼子は郁夫の両足をつかんで、ぐいと押しあげる。

赤子がオシメを替えられる姿勢を取らされて、郁夫は羞恥に見舞われる。

次の瞬間、涼子が皺袋を舐めてきた。

ぬるっ、ぬるっと舌が這って、その搔痒感に郁夫は声をあげそうになり、あわてて押し殺す。

(涼子さんが俺のキンタマをしゃぶってくれている……！)

熱いものが胸にせりあげてきた。

睾丸がびくびくしているのがわかる。

次の瞬間、郁夫は睾丸のもっと下、アヌスと皺袋の間をツーッ、ツーッと舌が這うのを感じた。

「ああ、そんなとこ……！　ぁああ、くうぅ」

必死にこらえようとしても、どうしても声が洩れてしまう。

確か、会陰部と言われるところだ。そこを唾液を塗り込むよう舐められると、びくん、びくんと勝手に体が躍ってしまう。

「気持ちいい？」

「ああ、はい……！　気持ちいいです」

「いいのよ。出しても……呑んであげるから」

股の間から顔をあげて、涼子が薄く微笑んだ。

会陰部に舌を強く押しつけて、往復させる。そうしながら、右手が屹立を握り込んで、ぎゅっ、ぎゅっとしごいてくれる。

（ぁああ、最高に気持ちいい！）

体からテストステロンとドーパミンがどばどば分泌されているのがわかる。

これで、きっと自分は戦闘的になり、くだらないプレッシャーを押し退けることができるのだ。

禁欲生活でアスリートの競技能力が増すなんて、嘘っぱちだ。禁欲なんて何の役にも立たない。

感じるところをちろちろしていた舌が這いあがってきた。

睾丸から陰茎の根元、さらに、裏筋をツーッと舐めあげ、そのまま上から頬張ってくる。

「くっ……！」

分身がすっぽりと根元まで、温かく濡れた口腔に包まれて、それが素晴らしい快感を生む。

涼子はもっとできるとばかりに、深く咥えて、唇を陰毛に押しつけてくる。

その状態で、強く吸っているのが、両頬の凹《へこ》みでわかる。

ジュルジュルッと唾音を立ててバキュームしながら、涼子は激しく唇をすべらせる。

これが、五十嵐涼子なのだと思った。

監督の妻で、寮母でありながら、いざセックスとなると、途端に大胆になり、淫らになる。そもそも監督の妻が、大学生の部員に手を出すなんて、普通ではあり得ない。

涼子の唇のスライドのピッチがあがった。

根元から切っ先まで大きく往復されると、射精の前に感じるあの逼迫感が押し寄せてきた。

「ああ、ダメです。出そうだ」

思わず言うと、涼子はいったん吐き出し、

「いいのよ、出して……呑んであげる。ううん、呑ませて……きみのミルクをわたしに呑ませて」

郁夫を見あげて言って、また頬張ってきた。

今度は右手を動員し、根元を握って、しごく。そうしながら、唇と舌で亀頭冠を速いピッチで擦りあげてくる。

包皮をぐっと下まで押しさげて、完全に剝きだしになった本体と亀頭冠をつづけざまに唇で擦りあげられると、いよいよこらえきれなくなった。

「ぁああ、ダメだ、出しますよ」

訴えると、涼子は咥えたまままちらりと見あげて、うなずいた。

ゴーサインが出て、郁夫はひろがってくる歓喜の渦《うず》に身を任せた。

連続してしごかれると、その渦が爆発した。

「ぁあああ！」

声を洩らしながら、放っていた。

どくっ、どくっとあふれでる精液を、涼子と口に溜めることなくそのまま呑んでいる。こくっ、こくっと小さな音とともに喉が動く。

（ああ、天国だ……！）

郁夫は放出の悦びに身を任せる。

幾度に分かれて噴出した男液が止み、涼子はそこから顔を離して、こくっと最後のしずくを呑み干し、それから、手の甲で唇に付いた白濁液を拭った。

ベッドから降りて、

「きみはどんなときも愉しんで走ればいいの。わかった？」

郁夫を見て、白い歯を見せた。

「はい！」

「お休みなさい」

涼子は微笑んで、ドアを開けて廊下に出ていった。

3

全体練習が休みだったその日、郁夫は田井中望美と居酒屋で飲食していた。以前に、中西千里と鍋を突ついたあの店だ。

自分から望美を誘ったのだ。

もし涼子が言うように、望美が郁夫に気があるのなら、すべてを打ち明ければどうにかしてわかってもらえるのではないか、と思ったからだ。

とにかく、涼子は望美を恐れている。望美をどうにかしないと、涼子はもう自分の相手をしてくれなくなる。

フェラだけではダメなのだ。きちんと結ばれないと――。

断られるのではないかと思った。しかし、望美は応じてくれた。

寄せ鍋を食べながら、ビールを呑んだ。

望美は進んで寄せ鍋を作ってくれるし、機嫌はいいようだった。

やはり、自分のことを気に入ってくれているのだ。そうとしか思えなかった。

「湯気でメガネが曇るから」

と、望美はメガネを外した。

そのととのった美貌にあらためて見とれた。

鼻筋の通ったきりっとした顔立ちで、ショートヘアがすごくよく似合っている。

どうやって切り出したらいいのかタイミングがつかめないまま、話を合わせているど、望美が言った。

「今日はどうして誘ってくれたの？ ひょっとして、涼子さんに何か言われた？」

「いや……」

「いいのよ。はっきり言って……わたし、いけないことだとはわかっていたんだけど、あの夜、涼子さんがマッサージのためにきみの部屋に行くって知ったとき、いやな予感がして……それで、聞いてしまったのよ。涼子さんのあのときの声を……したんだよね、あれを？」

そう言う望美の目は悲しげだ。

ここは事実を言うしかない。下手な言い逃れは、かえって望美の気持ちを逆撫でする。

「はい、しました。じつは、俺、初めてだったんです」

「えっ？　童貞だったってこと？」

「ええ……そうです。あの夜、俺が落ち込んでいたのを心配して、涼子さんが来てくれて、マッサージをしてくれました。俺の不調の原因はオーバートレーニングだって、指摘してくれて……そうかもしれないと思いました。もっと人生のいろいろな愉しみを知ったほうがいいとも言われました。俺、確かに大した趣味もないし、走ることだけが生き甲斐でした。でも、最近は記録が伸びなくなって、走ることも苦痛で……マッサージされてるうちに、あそこが……それで、俺が涼子さんにせまったんです」

少し脚色した。望美に、涼子を恨んでほしくなかったからだ。

「……涼子さんは俺を受け入れて、男にしてくれました……壁にぶち当たっている俺を救ってくれたんです。それで俺は変わりました。世の中、走ることがすべてじゃないって……今回、あの記録が出たのも、涼子さんのお蔭なんです。俺は今、すごくリラックスして走れてる。それは、望美さんも言ってくれたじゃないですか」

「確かに、そう感じたわ……そう、そういうことがあったのね」

望美は少し納得してくれたようだった。

「だから、涼子さんは悪くないんです」

「きみには禁欲主義は合っていないってことね？」

望美が顔をあげて見つめてくる。すっきりした顔が今は酔いで染まり、瞳も潤んでいた。

「で、それから、涼子さんとはしたの？」

「いえ……涼子さんが、の、望美さんが怖いからって、させてもらえません」

本当は口内射精をしたが、それは言ってはならないことのように思えた。

「きみにつきまとっている中西千里ともしていないんでしょうね？」

「もちろん」

きっぱりとウソをついた。

「じゃあ、そろそろセックスの効果が薄れてしまうかもしれないわね」

「ああ、はい……」

「……それなら、涼子さんの代わりをわたしがしてあげる」

望美がまさかのことをあっさりと口に出した。

唖然《あぜん》としていると、望美が訊いてきた。

「もう、お腹いっぱいになった？」

「ああ、はい……」

「じゃあ、出ようか。タクシーを呼べば、わたしのマンションまで二十分で行ける。寮への帰りもわたしがタクシー代を出してあげる。そうしたら、明日は朝練から出られるわよね」

望美が急に積極的になった。

店にタクシーを呼んでもらうよう伝え、ここの支払いもしてくれた。

すべてのことをテキパキとする。その姿は生き生きしていて、マネージャー望美の本領発揮だと感じた。

二人は店を出て、タクシーで望美の住むマンションに向かう。

その間に、望美に彼氏はいないのかと訊くと、今はいないから、気にしないで、と言われた。

到着したマンションの六階の部屋は大学生らしいワンルームで、異常に整理整頓がついていた。

望美は郁夫の後ろにまわって、コートを脱がせ、それをハンガーにかけながら、言った。

「シャワーを浴びましょ。亀山くんの背中を流してあげる。ああ、その前にまずはミネラルウォーターを飲んで、アルコールを薄めないといけないわね。そこに座っていて」

郁夫をキッチンテーブルの椅子に座らせて、冷蔵庫からペットボトルを取り出して、コップに注いで、テーブルに出す。

それから、玄関の郁夫の靴の向きを変え、バスルームに向かった。

シャワーの温度を調節したり、スポンジなどを確認しているのだろう。

望美は急に生き生きしてきた。きっと、根っからの世話焼きで、こうしていると燃えるのだろう。そういう意味では、性格がマネージャーに向いているのだと思った。しばらくすると、望美の声がした。

「いいわよ、来て」

郁夫がバスルームのドアを開けると、すでに洗面所の脱衣籠《かご》には、望美の着ていた服と下着がきれいに畳まれて置いてあった。

曇りガラスを通して、シャワーを浴びている望美の肌色のシルエットが見える。

少し迷った。

こんな展開になるとは思っていなかった。それに、望美を抱くのはマズいような気もする。そうなったら、望美は郁夫が涼子を抱くことを絶対に許してくれなくなるだろう。それはマズい。むしろ、許してもらわないといけない。

だが、望美の性格上、それは無理かもしれない。だとしたら、ここはもう流れに身を任せるしかないのではないか？

郁夫は心を決めて服を脱ぎ、バスルームに入っていく。

望美が立ったまま頭からシャワーを浴びていた。

セミショートの髪が濡れて、ぽたぽたと水滴が落ちている。長身ですらりとした裸身にシャワーが伝っている。

こういうのを抜群のスタイルと言うのだろう。

手足が伸びやかで、足が異常に長く、モデルとして充分に通用しそうだった。

だが、モデルとして余計なものがあった。それは、たわわな乳房だ。

（こんなに大きなものを隠していたのか……！）

そこだけ別人のようだった。

デカくて、乳首のツンとせりだした乳房をシャワーのお湯がコーティングして、ぬらぬらとぬめ光っている。透き通るようなピンクの乳首が鮮烈だった。

濃い陰毛はきれいに長方形にととのえられていて、ヒジキのような黒い翳りから水滴が落ちている。

望美はそこでいったんシャワーを止めて、自分の短い髪をかきあげてから郁夫を見た。

メガネを外した顔はエキゾチックで、ファッション誌のモデルそのものだった。

「来て」

郁夫を呼んで、上からシャワーを浴びせてきた。

郁夫は温かいシャワーをかぶって、はふはふと息をする。

「そこに座って」

言われたように洗い椅子に腰かけると、望美はシャンプーを使って髪を洗ってくれた。指を入れて、ごしごし洗い、きれいにシャワーで流してくれる。

その間も、望美のたわわな乳房が当たっていて、その柔らかな弾力を感じて、股間のものがむくむくと頭を擡げてきてしまう。

望美はちらりと正面の鏡を見て、

「大きくなってるわよ」

鏡のなかの郁夫に微笑みかけてくる。

「ああ、すみません」

郁夫がそこを手で隠すと、

「いいのよ、だってわたしがまだ二人目なんでしょ？　涼子さんに筆おろしをしてもらったって言ってたから、そうなるよね」

「ああ、はい……」

「わたし、涼子さんには絶対に負けたくないの。好きな先輩がいたんだけど、その人も涼子さんが好きだって言ってて……だから……」

押し黙って、望美はスポンジを泡立て、背中を洗いはじめる。

（そういうことか……）

涼子は部員に圧倒的にモテる。望美も好きな先輩が五十嵐涼子にぞっこんだったとすれば、彼女にライバル意識を持つのは当然だろう。

（困ったな……でも、今はどうしようもない）

望美が涼子の代わりをすると言っているのだから、それを否定することはできない。したら、大変なことになる。望美は怒って、郁夫と涼子との関係をばらすかもしれない。そうなったら、うちの大学の陸上部に大変なスキャンダルが持ちあがる。

悩んでいる間にも、望美はスポンジで肩や背中を擦ってくれる。

文句なしに気持ち良かった。

凝っていた部分がほぐされて、溜まっていた疲労物質が取れていくように感じる。背中から腰にかけて、ぎゅっ、ぎゅっと擦りながら、望美が言った。

「わたし、そろそろ卒業でしょ？　その前に、H駅伝に出場してもらいたいの。うぅん、させたいの。H駅伝を陰で支えるって、女子マネの夢なのよ……そのためには、きみに頑張ってもらわないと」

望美はいったん背中の泡をシャワーで洗い落とした。

それから、泡立てたスポンジを胸板のほうにまわして、下腹部へとおろしていく。

いきりたつ肉茎を擦っていたが、やがて、もどかしいとばかりにスポンジを放して、そそりたつものをじかに手でかわいがりはじめた。

後ろから乳房を押しつけながら、勃起を石鹸まみれの指で丹念に洗う。

本体を洗い終えると、今度は右手で肉棹を握りしごきながら、後ろから左手を差し込んで、アヌスを洗い、会陰部をマッサージしてくる。

「気持ちいい？」

「はい、すごく……」

「わたし、元彼にも愛撫が上手いって言われていたのよ。だから、きみを気持ち良くして、男性ホルモンをいっぱい出させてあげる。わたしが涼子さんの代わりをするから、もう涼子さんは必要ない」

そうきっぱりと言って、情熱的にいきりたちを擦ってくる。

石鹸まみれの指で本体をしごかれ、睾丸をモミモミされると、分身に一本芯が通って、もう挿入したくてたまらなくなった。

こんなことをつづけていたら、自分はセックスの快楽に溺れてしまって、走ることがバカらしくなってしまうのではないか、とも思った。

だが、今体験している快楽から逃れることはできなかった。

望美はシャワーで郁夫の体の石鹸を洗い落とし、自分のほうを向くように言う。

郁夫は反対を向いて椅子に座る。ギンとしたものが臍に向かってそそりたっていた。

それを見た望美は一瞬、驚いたような顔をしたが、すぐに顔を寄せて、唇にキスをしてきた。キスをしながら、右手をおろしていき、屹立を握った。

強弱つけて握り込みながら、舌を口に差し込んでくる。

「んっ……んっ……」

鼻にかかった甘え声を洩らしながら、舌をからめ、同時に、下腹部のいきりたったものを握りしごいてくる。

確かに、元彼が言っていたように、望美は愛撫が上手だった。

唇にも舌にも指先にも神経が行き届いていて、繊細だが力強い。

望美は高校時代にはバレーのエースアタッカーだった。きっと運動神経が抜群なのだ。

これまで体験した女性はみんなスポーツやチアガールをしていた。きっとそのせいで、セックスが強いのだ。セックスだってある意味スポーツだ。

ピストン運動だって、体力があれば長時間できるし、息も切れない。女性上位だって、体力があったほうが上手くできる。

望美の恋人は最高だったに違いない。

望美がダサいメガネをかけているのは、そうやって、モテすぎる自分を守っているのだ。本来は裏方ではなく、表に出て活躍する人なのだ。

望美はキスを終えると、そのまま胸板を舐めてきた。

細く長い舌を出して、ちろちろっと乳首をくすぐり、さらに下へとおろしていき、ついには勃起まで届かせた。

洗い椅子に腰かけている郁夫の前にしゃがみ、バスマットに這うようにして、いきりたっているものの頭部にキスをした。

びくん、びくんと躍りあがるイチモツを、望美は上から頬張ってきた。

「あっ、くっ……」

温かい口腔に覆われて、郁夫はあまりの快感に呻く。

すると、望美は素早く顔を打ち振って、一気に追い詰めてくる。

「ぁああ、くっ……ダメです。出ちゃう！」

思わず訴えると、望美はちゅるっと吐き出して、立ちあがった。

バスタブの縁につかまって、お尻を突き出してきた。

「舐めて……」

そう言う。

郁夫は後ろにしゃがんで、尻たぶを揉んだ。

現役を引退しているものの、いまだヒップは健康的に張りつめ、長い太腿へとつづくラインがたまらなかった。

だいたい、こんな長い美脚を見たことがない。

ぷりっとした双臀の底に、くっきりと割れた女の花園が息づいていた。

そこは蘭の花のように長く、ふっくらとした陰唇が深い谷間をのぞかせていた。

その谷間はローストビーフみたいな色にぬめっていて、色のグラデーションが鮮烈だった。

郁夫はその狭間を慎重に舐めあげていく。

ぬる、ぬるっと舌がすべっていき、肉びらがひろがり、ローストビーフの面積が増えて、

「くっ……！」

望美がびくっと震える。

そのまま舌を接したまま上下になぞると、

「ぁあああ……ぁああうぅぅ……」

望美は心から感じているという声をあげて、くなっと腰をよじった。

元彼と別れて、最近はセックスをしていなかったようだから、きっと身体がすごく感じやすくなっているのだろう。

望美の抱えていた性的な欲求不満が、他の女性に対してつらく当たっていた原因なのかもしれない。

だとしたら、セックスで満たせば、変わるかもしれない。

(よし、絶対に感じさせてやる)

自分も涼子に童貞を捧げたときと較べたら、ずっと上手くなっているはずだ。もちろん、クンニにも慣れてきた。

狭間の次は肉びらの外側を舐める。うっすらと白くなった付け根と大陰唇に舌を走らせると、

「ぁあぁ、そこ……！　どうして？　まだ二回目なんでしょ？　上手すぎるわ。二度目だなんて、ウソをついているんじゃないでしょうね？」

図星をつかれて郁夫はドキッとした。だが、ここは誤魔化すしかない。

「俺も勉強してるんです。いろいろ読んだり、見たりして……」

「ウソついてたら、わかってるでしょうね」

「ウソじゃないです。信じてもらえないのなら、やめます」

「そんなことは言ってないでしょ？　ちょっと疑問に思っただけ……下手よりは上手いほうがいいに決まってる。ぁあぁ、もっと、もっとして……」

望美がまた腰をよじった。

郁夫はほっと胸を撫でおろす。

細長い女性器がどんどん濡れてきて、今は全体が唾液と分泌液でいやらしくぬめ光っている。

郁夫は膣口を舐めながら、下のほうのクリトリスを指で捏ねてみる。

「ぁあぁ、それ……上手よ。きみ、すごく上手……ぁあぁ、あぁああ……ねえ、して……して」

望美が腰を後ろに突き出してきた。

郁夫もここまで来ると、もう挿入したくてしょうがなくなっていた。

いきりたつものを導いて、ゆっくりと腰を入れる。切っ先が埋まったのを感じて、両腰をつかんで引き寄せる。

猛《たけ》りたつものがとても窮屈な入口を刺し貫いていき、一気に奥へと嵌まり込んで、

「あっ……！」

望美ががくんと顔を撥ねあげた。

元アスリートの膣はとても締まりがよくて、潜り込んでものをぎゅ、ぎゅっと強く包み込んでくる。

うごめきを味わっていると、望美が自分から腰を後ろに突き出してきた。いきりたつものを根元まで受け入れて、

「あっ……！」

と、喘ぎ、がくがくっと小刻みに震える。

それから、腰を前にゆっくりと引き、

「ぁああ……！」

と、喘ぎを長く伸ばし、また後ろに強く突き出してくる。

屹立の先端が子宮口を打って、

「あはっ……！」

望美はなぜか爪先立ちになって、顔を撥ねあげた。

すべすべの背中がしなって、その肩や背筋がくっきりと浮かび出る。

郁夫も望美の動きに誘われるように、腰をつかっていた。

望美が腰を後ろに突き出した瞬間を狙って、かるく押し込むと、屹立の先がずんっと奥を突いて、

「あはっ……！」

望美が背中をしならせて、凄艶《せいえん》に喘いだ。

このまま突きつづけたら、すぐにも放ってしまいそうで、それを誤魔化そうと、右手を脇から巡らせて、乳房をつかんだ。

揉むほどに指先が柔らかなふくらみに食い込み、中心の硬くしこった突起を感じる。

勃起した乳首をつまんで転がした。くりくりと左右に捏ねると、

「ぁああ……それ、あっ、あっ、ぁあうぅぅ……」

望美が背中を大きく反らせて、もっととばかりに尻を突き出してくる。

郁夫は乳首を愛撫しながら、腰をつかった。

奥まで送り込んでおいて、亀頭部で子宮をぐりぐりと捏ねる。すると、それがいいのか、

「ぁああ、おかしくなる。おかしくなりそう……」

望美がさしせまった様子で言う。

「いいですよ。イッてください」

「わたしだけはいやっ。きみも、きみも出して……いいのよ。大丈夫な日だから、いっぱい出して……そのほうがうれしいのよ。きみの力になりたいの……出したほうが、速く走れるんでしょ？　だったら、出して。いっぱい出して……」

望美が両手で縁をつかみながら、ぐいっと尻をせりだして、グラインドさせる。

「いいんですか？　出しますよ」

「いいのよ。いっぱい出して……いいのよ」

望美がまた尻をまわして、誘ってきた。それから、

「腕をつかんで、引っ張って……」

右腕を後ろに差し出してきた。

「こうですか？」

右腕を握って、ぐいと引き寄せる。すると、望美は半身になって、郁夫を見た。濡れたショートヘアが張りつく顔がいつもとは違い、女の欲望をたたえて艶めかしい。

郁夫は前腕をつかんで、引き寄せてみた。後ろに体重をかけて、腰を振る。

望美の身体を引き寄せる形になっているので、ストロークがしやすい。ズンッと打ち込んだ衝撃が逃げないで、ダイレクトに伝わり、

「あんっ、あんっ、あんっ……！」

半身になった望美が眉を折って、今にも泣き出さんばかりの顔をする。モデルのように長く一直線に伸びた足、肉感的な尻、筋肉の浮き出た背中と肩――。

「あんっ、あんっ、あんっ……ぁああ、すごい……亀山くん、すごいよ。強い。亀山くん、強い……お臍まで届いてる。ぁあああ、イクわ。イキそう……亀山くんも出して！」

望美が訴えてくる。

郁夫も射精の予兆を感じて、いっそう強く腰を叩きつけた。パチン、パチンと乾いた音がバスルームに響き、熱い射精感がふくらんでくる。

「望美さん、イキますよ。出しますよ」

腕を引っ張って、つづけざまに打ち込むと、

「あん、あん、あんっ……来るわ、来る……来そう……イクよ、イク……」

望美が郁夫の手を握り返してくる。

「いいですよ。俺も……ぁあああ、ぁああ、ダメだ。出る！」

連続して深いところに打ち込んだとき、

「イクぅ……！」

望美が背中を大きくしならせた。

今だとばかりに駄目押しの一撃を浴びせたとき、郁夫も目眩《めくるめ》くような頂上に押しあげられて、大量の男液を熱い体内にしぶかせていた。

4

郁夫はベッドで仰向けに寝て、望美が足の間にしゃがんで、イチモツをしゃぶりはじめた。

すると、出したばかりなのに、それがむくむくと頭を擡げてきた。

「さすがね、この驚異的な回復力は……何度でもできそう。だけど、あんまりすると良くないかもしれないわね。ドーパミンが出すぎて、癖になっちゃうかも。でも、二度なら大丈夫よね？」

望美が見あげて、白い歯をのぞかせた。

「はい、大丈夫だと思います」

「涼子さんとは何度した？　出したのは一回だけじゃないんでしょ？」

「……忘れました」

「ダメ。ちゃんと答えなさい」

「……確か、二度だと思います」

「二度ともなかで？」

「いえ、一度は口のなかです」

「そう？　涼子さん、ゴックンしたりするんだ？　呑んでくれたんでしょ？」

「ええ、まあ……」

望美は、涼子とのセックスを問うて、嫉妬心やライバル心をかきたてられたのか、一気に根元まで頬張ってきた。

根元を握って、しごきながら、亀頭冠のあたりを唇で激しくしごいてくる。

「ああ、くっ……！」

せりあがってくる歓喜に唸ると、涼子はちゅるっと吐き出して、訊いてきた。

「シックスナインはした？」

「……していません」

考えたら、涼子以外ともこれまでシックスナインはしたことがない。

「じゃあ、わたしがやってあげる。またがるからね」

そう言って、望美は郁夫の上半身をまたいで、尻を突き出してくる。

（ああ、これがシックスナインか……女性器が丸見えだ！）

この角度からの女性器は見たことがない。

尻たぶの底にふっくらとした肉びらがひろがって、鮮やかなサーモンピンクの粘膜がのぞいている。陰毛はきれいにＩ字に剃られている。

（ここにさっき挿入したんだな）

きついほどの緊縮力を思い出していると、分身に温かい吐息がかかり、次に頬張られた。

ハッとして見ると、尻と左右の太腿が作る台形の向こうで、望美が屹立を途中まで呑み込んでいた。下を向いた乳房は丸みを帯びながら、先端は三角形で、その頂上のツンとした乳首がエロチックだった。

「ぁあん、美味しいわ……きみのおチンチン。ずっと、おしゃぶりできそう。わたし、ずっと咥えていられるのよ。全然、疲れない」

そう言って、望美は上から唾液を垂らした。

ポトッと落ちた唾液が亀頭部に命中して、望美はそれを指でまぶし、もう一度

唾液を垂らして、それも指で亀頭冠に塗りつける。それから、

「ねえ、舐めて……いいのよ、好きなように舐めても」

郁夫に向かって言う。

（ああ、そうだった……）

郁夫はおずおずと顔を寄せて、肉びらの狭間を舐めた。

ツーッと下から上へと舌でなぞりあげると、ぐちゅっと肉びらがひろがって、

「はうぅぅ……いい。気持ちいい……」

望美は心から感じているという声を出す。

狭間を何度も舐めてから、下のほうで突き出している小さな肉芽に舌を這わせた。

つるっ、つるっと舌でなぞると、

「んっ……あっ……ぁあああ、気持ちいい」

望美はぐいと尻を突き出して、肉棹を握る指に力を込めた。

もっと望美を感じさせたくなって、郁夫は肉芽を頬張って、かるく吸ってみた。

チューッと吸いつくと、肉芽が伸びて口のなかに入り込んできて、

「ぁあああ……！」

望美は顔をのけぞらせ、肉棹をぎゅっと握って、しごいてくる。
（よし、もっとだ……！）
郁夫がクリトリスを断続的に吸うと、
「あっ、あっ、あっ……ぁあああ、気持ち良すぎる！」
望美が肉棹にしゃぶりついてきた。
「んっ、んっ、んっ……」
湧きあがる快感をぶつけるように、唇をすべらせ、根元を握ってしごきたててくる。
（ああ、すごい……！）
うねりあがってくる快感のなかで、郁夫はなおも粘膜を舐め、クリトリスを吸う。
腰がくなっ、くなっと動いているから、感じているはずだ。
しかし、望美は負けないとばかりに、激しくイチモツを唇と指でしごきたててくる。
くぐもった声を洩らしながら、顔を打ち振る。
（こんなに一生懸命にやってくれるんだ。俺もそれに応えよう……）

そう思って、郁夫はまたクンニをする。

尻たぶをひろげて、あらわになった膣粘膜に舌を押し込むように攪拌《かくはん》した。

すると、望美は快感をあらわにして、

「んんっ……んんん……ぁあああ、ダメっ……気持ち良すぎる」

口を離して、ギンとしたものを握りしごく。

が、それも一瞬で、すぐにまた頬張ってきた。

ジュルル、ジュルルッと唾音を立ててバキュームし、ちゅぱっと吐き出した。

また上から咥えて、「んっ、んっ、んっ」とつづけざまに唇と指でしごいてくる。

一度射精していなかったら、絶対に出していた。それほど強烈な快感だった。

「ああ、ダメだ。出ます！」

郁夫はぎりぎりまでこらえて訴える。

すると、望美が肉棹を吐き出して、またがってきた。

そのまま後ろ向きで下腹部の勃起をつかみ、太腿の底にぬるっ、ぬるっとなすりつけた。それから、屹立を導いてゆっくりと沈み込んでくる。

ギンとしたものが熱いと感じるほどの滾《たぎ》りに吸い込まれていき、

「あっ……！」

望美は尻を見せて、まっすぐに上体を立てた。

Ｍ字開脚して、尻を持ちあげ、おろしてくる。垂直の動きにしゃくるような動きが混ざって、それが肉棹を揉みしだいてくる。

「おおぅ、くっ……！」

郁夫はきりきり奥歯を食いしばって、暴発をこらえた。

すごい光景だった。

削ぎ落とされたようなシャープなウエストから立派な尻が張り出していて、その豊かな尻が上げ下げされ、そこに自分の屹立が嵌まり込んでいる。

と、望美はそのまま上体を倒した。

尻の角度が変わって、尻たぶの狭間の可憐な小菊や、ぎりぎりまで伸びた膣に肉柱が押し入っている様子がよく見える。

次の瞬間、何かが向こう脛《ずね》を這っていった。

（うん、何だ？）

角度を変えて覗き込むと、望美は脛を舐めてくれていた。

なめらかな舌が向こう脛をなぞりあげ、またおろしてくる。

ぞわっぞわっとした戦慄が流れて、郁夫はその感触に酔いしれた。

気持ち良すぎた。知らなかった。向こう脛を舐められるのが、こんなにいいものだとは――。

望美はひたすら舐めてくれる。

郁夫は尽くされていると感じた。

望美はプライドを投げ捨てて、郁夫にご奉仕をしてくれているのだ。

たわわな乳房の先が足に触れている。

ツーッと舐めあげていき、脛から足の甲にまで舌を伸ばした。

さらに、郁夫の足をつかんで引き寄せ、足の指まで舐めてくれる。足の甲から親指にかけて舌でなぞりあげ、ついには親指を頬張って、まるでフェラチオでもするように唇をすべらせ、舌をからませてくる。

しかも、郁夫の前には、大きな尻の底に深々と嵌まり込んでいる自分の肉棹が見える。

望美は親指を頬張りながら、同じリズムで腰をつかう。

窮屈な肉路がいきりたちを締めつけながら、擦ってきて、郁夫は自分からも動きたくなった。

尻をつかんで、引きあげて、おろす。

そうしながら、ぐいっ、ぐいっと腰を突きあげると、蜜まみれの肉柱が根元まで埋まり込んでいって、

「あんっ……あんっ……あんっ……」

望美はさしせまった声を放つ。

郁夫は上になって、ガンガン攻めたくなった。

下から抜け出して、代わりに望美を仰向けに寝かせる。

長すぎる足をすくいあげて、いきりたちを埋め込んでいく。今度は強い抵抗もなくぬるぬるっとすべり込んでいって、

「はうぅぅ……！」

望美が顎をせりあげた。

郁夫は膝を開かせる形で両手を突く。すらりとした足が、腕がつっかえ棒になって、M字開脚している。

ぐっと前に体重を乗せて、打ち据えると、硬直が深いところに押し込まれていって、

「あんっ、あんっ……ぁああ、これ……！」

望美が目を細めて、郁夫を見た。

その目がどこかとろんとして、ぼぅと潤んでいる。

郁夫はその姿勢でしばらく突いた。

それから、望美に覆いかぶさるようにして、腕立て伏せの格好でぐいぐいとえぐりたてていく。

「ぁあぁ、すごい！」

望美が下からしがみつきながら、足をからませてくる。

足を大きく開いて、屹立を奥へと導きながら、郁夫の両腕をつかみ、腰に巻き付けた足の先で、郁夫を引き寄せる。

（エロすぎる……！）

郁夫も望美の貪欲な性に、巻き込まれていくのを感じた。

もう自分でも欲望がコントロールできなくなっていた。

両足を伸ばし、切っ先に体重を乗せた一撃を叩き込んでいく。

「ぁあぁ、亀山くん……わたし、またイッちゃいそう。きみも出していいのよ……何度も出して。わたしのなかに、何度も出して……ぁあぁ、あんっ、あん、あんっ……」

望美の哀感あふれる喘ぎ声にかきたてられて、郁夫もスパートした。

（もう、どうなったっていい！）

射精したくて、猛烈に腰を叩きつける。

内部の粘膜が締まってきて、外側の肉びらが抜き差しをするたびに、分身にからみついきて、ぐっと高まった。

「イキますよ。出しますよ」

「ああ、そこ……あん、あん、あんっ……イクよ、イク……イッていいの？」

「ああ……俺も、出す！」

吼えながら、叩きつけたとき、

「イクぅ……！」

望美がのけぞり返って、シーツを鷲づかみにした。その直後、ぐいとひと突きしたとき、郁夫も思い切り男液をしぶかせていた。

第五章　地獄と歓喜

1

それからしばらく、郁夫は時間を作り、人目を盗んで、田井中望美とやりまくった。

（こんなことをしていてはいけない。セックスは確かに俺を解放してくれた。しかし、これはやりすぎだ）

そう思った。

望美だって、それをわかっていたはずだ。頭ではやりすぎだとわかっていても、止められないことがある。

本来なら大学の講義を受けている時間なのに、望美に誘われると、ついついあとをついていってしまう。

生まれて初めて、ラブホテルに行った。

初めは不安だったが、望美の濃厚なキスを受け、執拗《しつよう》なフェラチオをされると、不安が消えていった。

そして、望美は郁夫の上になって腰を振り、四つん這いになって郁夫の勃起を受け入れ、何度も昇りつめていった。

そして、郁夫も一回のセックスの間に、二回は射精した。

長いときには、午前中から練習のはじまる午後四時半の一時間前まで、五時間ぶっつづけでセックスをした。

その時期は、陸上部長距離部門もH駅伝予選会に向けて、追い込みにかかっていた。

朝練でも午後からの練習でも、長い距離を走り込んだ。

十四名の選手が登録され、十二名までが当日走ることができる。

郁夫もその十四名に選ばれていた。

登録された選手のひとりひとりが、一秒を削《けず》るためにハードな練習をする。

郁夫はまず、当日の十二名に選んでもらう必要があった。

わかっていた。

だが、このとき郁夫はセックスの持つ麻薬性にとり憑《つ》かれていた。

きつい走り込みをして、昼間の空いている時間は、望美とのセックスに費やした。いや、溺《おぼ》れた。

そのせいか、自分でもわかるほどにげっそりと窶《やつ》れた。

だが、いやになるほど走り込んで、その合間に女を抱くという行為を繰り返していると、それが麻薬のような陶酔感につながるのだ。

予選会まであと二週間とせまったその夜、郁夫が部屋で休んでいると、ドアをノックする音がした。

出ると、そこには五十嵐涼子が立っていた。

一目見て、いつもと違うと感じた。とても怖い顔をしている。

涼子は入ってきて、郁夫をまっすぐに見て、言った。

「中西千里から聞いたわ。きみ、昼間に田井中望美と、毎日のようにラブホに行っているらしいわね」

郁夫は何も言えなかった。

このところ、千里は郁夫が窶れているのを心配していたから、おそらく、郁夫のあとをつけて、事情を知り、それを涼子に告げたのだろう。

「見るからに窶れてきたから、何かあったのかと心配していたのよ。またオーバートレーニングじゃないか。もし、そうなら、きみだけ走り込みをゆるくしようかと監督と相談していたのよ。セックスするのは悪いことじゃない。きみの場合、むしろ、リラックスにつながるし、男性ホルモンの活性化には役立っていると思う。でも、セックスを上手く活かすのと、溺れるのは違う。どうして、こんなことになったの？」

問い詰められて、郁夫はなぜ望美とこういうことになったのか、逐一話した。

事情をしっかりと伝えるのはとても難しいことだったが、精一杯話した。

終えると、

「そうね……考えたら、そうなるいちばんの要因を作ったのはわたしなのよね。ゴメンなさい」

涼子は頭をさげた。

それから、じっと郁夫を見た。

「セックスは素晴らしいものよ。アスリートの禁欲主義にはわたしは反対なの。でも、それも限度っていうものがあるでしょ？　今のきみはセックスにとり憑かれてしまっている。それではダメなのよ。どう？　もうそろそろいいんじゃない。予選会まであと二週間、その間は禁欲しなさい。予選会が終わったら、またできるじゃない。もし、十位以内に入って、H駅伝出場が決まったら……」

涼子がいったん言葉を切って、思わせぶりに郁夫を見た。

「わたしとセックスしよ。わたしを抱いて……」

「………！」

涼子の言葉が、脳天を駆け巡った。

「たとえ予選を突破できなくても、田井中望美は抱かせてくれるでしょう。それでもいいと思う。でも、わたしはチームが予選を突破しない限りは、抱いてほしくない。抱かせない。どっちがいい？　よーく考えて……」

涼子がまっすぐに見つめ、さらに問うてきた。

「きみは、どうしたいの？」

「俺は決まっています。涼子さんを抱きたい。こんなことをして今更と思うかもしれませんが、俺は涼子さんを抱きたい。ずっと好きなんです」

郁夫はきっぱりと答えた。ウソはない。真実の声だった。

「だったら、もう望美さんと逢うのはやめて。そうね、きみだけでは誘惑されちゃうかもしれないから、わたしのほうからも望美さんにはよく言い聞かせるわ。彼女はとても優れた女子マネよ。自分が今何をしているかは、わかっていると思う。でも、きみとのセックスが忘れられなくて、自然にそうなっちゃうんだと思う。女性にも性欲はあるのよ。もちろん、わたしにもある」

涼子が一瞬見つめ、含羞《がんしゅう》を含んだ表情で目を伏せた。

「とにかく、明日からはもうセックスは絶って。きみは今、あまりにも疲れている。疲労回復に努めて。でも、走り込みはつづけて。そうしたら、きっといい方向に行くと思う。できるわね？」

間近で見つめられると、猛烈に抱きたくなった。それをこらえて、うなずく。

と、涼子が耳元で囁いた。

「亀山くんが好き。すごく抱かれたいの……予選突破が決まったら、その夜にあなたを待ってる。本当よ。わかった？」

「はい……俺、絶対に自己記録を出します」

「きみならできると思う。自分に自信を持って」

そう言って、涼子は唇にちゅっとキスをした。それから、ドアの前でこちらを向いて、

「ゆっくりと休んで疲れを取るのよ。お休みなさい」

やさしい目で郁夫を見て、廊下に出ていった。

2

郁夫は当日までセックスを絶った。

望美も、涼子に注意されて、もう求めてこなくなった。そして、こう言った。

『ゴメンなさい。わたし、おかしくなっていた。きみが疲れているのをわかっていたの。でも、やめられなかった。女子マネとしてあるまじき行為だった。反省しているの。だから、もうしない。それに、亀山くんはあれだけセックスしたんだから、もうホルモンは充分に出ていると思う。欲求不満になると思うけど、それを予選会にぶつけて。予選会が終わったら、またしよ。それまで我慢するから、きみも我慢して。当日は頑張ってね。わたしも応援する』

セックスの悦びを知ってからの二週間のセックス断ちはメチャクチャ苦しかった。

だが、耐えた。

そして、いよいよ予選会当日になった。

予選会は東京郊外にあるハーフマラソンコース、二十一・〇九七五キロの公道コースで行われる。

四十の大学が参加して、各チーム十二名が出場する。つまり、四百名以上の選手がいっせいにスタートすることになる。

ちなみに、四百名もの選手の記録をストップウォッチで計るのは難しいため、選手のゼッケンなどに取り付けられたチップによって、時間が自動的に記録されるようになっている。

予選会は、選手だけではなく、チームの総合戦でもある。

控え選手やマネージャーたちがそれぞれ、コースの各個所に散って、記録を教えたり、激励したり、水分補給をしたりする。

スタート地点では、五十嵐監督と涼子が二人で心配そうに部員を見ている。

昨日の段階で、十二名に選ばれたランナーは監督からそれぞれの目標タイムを告げられる。

郁夫のタイムは一時間五分。

このタイムに十名をかけると、十一時間五十分になり、そのタイムは昨年では十六位になる。つまり、郁夫のタイムで全員が走っても予選を通過するのは厳しい。全体から見たら、四百名のなかで百五十位に当たるのだが、この目標タイムを聞いて、郁夫は自分はエースとしては見られていないのだと感じた。

もっともだ。二週間前にはセックスしまくっていて、調子を落としていた。一万メートルの記録が出たのはあのときだけで、それ以降、記録は出せていない。

自分が監督でも、郁夫に期待しない。

丁寧に、迷惑をかけないように走ろうと思っていた。涼子と話す前までは。

今朝、アップをしているときに、涼子が近づいてきて、

『調子はどう？』

笑顔で訊いてきた。

『まあまあです』

そう答えると、涼子がまさかのことを言った。

『わたしは、きみは今、調子があがってきていると見ているの。だから……最初から先頭集団についていって、ぎりぎりまで粘ってタイムを稼いでほしい。うちは北村《きたむら》くんと日下部《くさかべ》くんをエースとして見てるけど、彼らは自分のタイムでは走れるでしょうね。でも、今のままだとうちは十位以内には届かない。昨年と同じ十三位くらいだと思う。だから……』

涼子はじっと瞳を見て言った。

『きみが自己記録を更新するしかない。うちで一番の記録を出すしかない。タイム設定はしなくていい。だから、とにかく先頭集団で走って、最後は粘って、一秒でも速くゴールインして。それでもうちが通るかどうかはわからない。でも、可能性は高くなる』

『でも、それだと逆に俺はバテバテになって、大幅に記録を落とし、みんなの足を引っ張ることになると思いますよ』

郁夫は不安を打ち明けた。

『わかっているでしょ？　うちは十二名が出て、カウントされるのは上位十名だってこと……』

『つまり、俺、失敗したっていいってことですか？』

『いいとは言わない。でも、一か八かの賭をしてもいいっていうこと。わたしはきみはそれをしてもいいポテンシャルを秘めていると思う』

そう言って、涼子はじっと郁夫を見つめてきた。

『走ってみないとわかりません。でも、イケそうだったら、やってみます』

郁夫が言うと、

『期待しているわね』

そう言って、涼子は去っていった。

やがて、全員が揃い、号砲とともに、H駅伝予選会がスタートした。

郁夫は走りはじめてから徐々にスピードをあげていく。

多少筋肉に負担をかけても、先頭集団に食らいつきたかった。

先頭には留学生の外国人がずらりと並んでいた。そのあとにも、名前の知れた有名どころの強豪選手が顔を揃え、その最後尾に郁夫もついた。

「亀山くん、その調子！」

女の声がかかり、見ると、涼子が手を振っている。

(俺はこの人を抱くために、自己ベストを出す。みんなをあっと言わせる。そして、H駅伝に出場する！)

幸い、足はかるい。動いている。

周囲にうちのエースである北村さんや日下部さんはいない。おそらく、慎重にスタートしたのだろう。

(このペースで二十キロ持つのか？)

郁夫は大いに不安になった。しかし、失敗したっていいんだと思うと、気持ちが楽になった。

十五キロ地点ですでに郁夫は苦しくなった。

外国人の留学生にはだいぶ、離された。しかし、日本勢のトップ集団とはそう差はない。

このペースを維持すれば、一時間二分台は出せる。そうしたら、うちの大学はかなり有利になる。

北村さんや日下部さんの姿は周囲にはない。

しかし、きっとすぐあとを追いかけてきてくれているだろう。

十八キロ地点で完全に足が動かなくなった。

（ダメだ。死ぬ……苦しい。もう棄権しないと本当に倒れてしまう！）

だが、そこで冴島奈央とのセックスを思い出した。

奈央はMだった。そして、セックスの最中に脳内麻薬β－エンドルフィンを出して、苦しみを快楽に変えていた。

（そうだ。あれだ！　俺も冴島奈央になればいい）

郁夫は、世界選手権のマラソンで、冴島奈央が最後にばてばてになりながらも、三位選手を抜き返して銅メダルを取ったそのシーンを思い出していた。

だが、しばらくすると、また苦しくなった。止まりたくなった。

(ダメだ。俺は涼子さんを抱くんだ。ここでやめたら、涼子さんを抱けない。あの人を抱くためなら、俺は何だってする。何だって、できる!)

鼻先にぶらさげられたニンジンを追って、郁夫はまた速度をあげた。

それでも、しばらくすると苦しくなった。そのとき、

「亀山先輩、イケるよ。二分台、イケるよ!」

黄色い歓声が聞こえた。見ると、中西千里がチアガール姿で歩道を並走していた。

(おい、恥ずかしすぎるぞ……だけど、太腿むちむちじゃん……)

千里とのセックスを思い出して、体中に精気が漲った。

千里が手を振って、跳びはねている。

そうだ。この苦しさを超えて予選を突破したら、涼子さんも、千里も、望美も抱き放題だ。ひょっとして、帰国した冴島奈央が『頑張ったわね』と抱かせてくれるかもしれない。

郁夫は彼女たちとのセックスを思い出しながら走った。

すると、急に体がかるくなった。すでに極限状態を迎えているはずなのに、足

がスムーズに動く。
並走していた選手が後ろに遠のき、前を走る選手が近くなった。
こういうのをランナーズハイと言うのだろうか？　いや、セックスハイか？
あと一キロを切った。
（イケる。俺はこのまま無限に走ることができそうだ！）
郁夫は涼子とのセックスを思い出しながら、どんどんピッチをあげた。
前を走っていた選手を抜いた。
今、郁夫の前には十名ほどの選手しかいない。
（一秒を削り出すんだ。もっとイケる！）
自分のリズミカルな息が心地よい。
前を走るのは、大学の一万メートルの記録を持つ有名な選手だ。
（俺、あの人を抜けるのか！）
彼と並んだ。
苦しそうだ。顔がゆがんでいる。肩も大きく揺れているし、足が後ろに流れている。
彼がちらりと郁夫を見て、エッという顔をした。

きっと、名前も知らない選手に並ばれて、びっくりしているのだろう。並走した。

彼の息づかいが荒い。イケる。

郁夫は徐々にピッチをあげた。すると、有名選手が後ろに消えていった。

（あと五百メートル！）

郁夫は猛然とスパートした。セックスで射精する前のように、ラストスパートした。

出し切るのだ。出し切って、一秒でも稼ぐのだ。その一秒で、勝敗は決まる。現に、前年度の八位と九位の差はわずかに十秒だった。

郁夫は前を走る選手を次々抜いた。

爽快だった。世の中でこれ以上に愉しいことはない。

最後はもがいた。もがきながらも、ゴールの五メートル手前で日本人選手を抜いた。

ゴールに飛び込んだときは、両手を突きあげていた。

だが、ゴールした瞬間に一気に疲労感が押し寄せてきて、郁夫は内側の芝生に倒れ込んだ。

息ができない。苦しい。

無理した分が一気に噴出した感じで、意識も遠くなりかけた。

と、そこに、誰かが駆け寄ってきた。

「亀山くん、亀山くん！　しっかりして！」

田井中望美がメガネの奥から、心配そうに郁夫を見つめ、背中をさすってくれる。

「……大丈夫」

強がって言うと、望美が抱き起こしてくれた。

と、そこに、監督と涼子がやってきた。

「亀山くん、やったわ。自己記録を一分以上も更新してる。一時間二分三十五秒よ。八位よ。全体で八位」

涼子が涙目で教えてくれた。

「よかった。他の選手は？」

「みんな頑張ってるわ。そろそろ北村くんと日下部くんがゴールインする」

「俺はいいですから、みんなのゴールを見守ってください」

「わかったわ。望美さん、水分補給をしてあげて」

「はい……！」

望美がペットボトルの口を開けて、渡してくれる。

ごくっ、ごくっと飲む。

望美の身体が触れているせいか、股間のものがむっくりと頭を擡げてきた。

「見て、二人が来る」

望美の言葉に見ると、北村さんと日下部さんがほぼ揃ってゴールするところだった。

（イケるんじゃないか……！）

郁夫は芝生に座って、選手のゴールを見届けた。


一時間後、運営委員会から各チームの順位が一位から発表された。

若い女子の大学生が、手に持った書類を見ながら、一位から順番に大学の名前と時間を報告していく。

参加した大学が集まって、一喜一憂していた。S大学も選手だけではなく女子マネージャーもみんな肩を組んで、発表を聞いている。

八位まで終わったが、いまだS大学の名前は呼ばれない。

（ダメだったか……しかし、まだある）

九位が発表されたが、S大学の名前は呼ばれない。いやな空気がただよってきた。完走後の集計では、いいところに入っていたはずなのに。

「大丈夫。次は絶対うちよ！」

望美が気の強いところを見せる。

（頼む。頼む！　神様！）

郁夫が神頼みしたとき、ステージの女性がアナウンスした。

「第十位……」

と言って、そこで間を置いた。

（そんな間はいいから、早く！）

郁夫が心のなかで悲鳴をあげたとき、

「……　S大学。十時間……」と彼女が発表した。

「うおおっ！」

郁夫は吼えて、両手を突きあげていた。

他の選手もガッツポーズして、歓声をあげる。女子マネージャーたちも「やった！」と跳びはね、なかには泣き出している者もいる。

ちらりと見ると、五十嵐監督が男泣きし、その肩を涼子が抱き寄せていた。

郁夫と視線が合って、涼子は大きくうなずいて、片手でガッツポーズをした。

3

その夜、寮での祝勝会があり、五十嵐監督が、

「ありがとう。お前たちのお蔭だ。俺をH駅伝に連れていってくれて、本当にありがとう……」

そう挨拶して、噎せび泣いたので、部員たちも貰い泣きした。

だが、そのあとで監督はこうも言った。

「しかし、これは終わりではない。あくまでもはじまりだと思っている。次は本番が控えている。我がチームは出場するだけでは満足はしない。絶対に十位以内に入って、翌年のシード権を勝ち取る。いいな」

選手たちが、「おおぅ」と腕を突きあげた。

「本番までまだ一か月半ある。まずは休んでくれ。それから、具体的に誰をどこに使うか、検討しながら、練習をしていく。わかったな」

「はい！」

「では、今日はひとまずゆっくりと休んで、疲れを取ってくれ。それだけだ。解散！」

監督の号令でみんなは食堂を出て、部屋に戻る。

郁夫がちらりと涼子の顔を見ると、涼子は微笑みながらうなずいた。それを見て、彼女が部屋に来てくれることを確信した。

H駅伝本戦の出場が決まったら、涼子は抱かせてくれると約束した。しかも、今回は郁夫が活躍したのだから、絶対に来てくれる。

部屋でシャワーを浴びて、郁夫はジャージ姿でごろんとベッドに横になる。

目を閉じると、今日、次から次と前の選手を抜いていったときの、爽快感がよみがえってきた。

(ああいう瞬間は初めてだった。あのとき、俺はゾーンに入っていた)

昂奮冷めやらぬまま、郁夫は涼子を待った。

しかし、涼子は待っても待っても現れなかった。

(何かあったんだろうか？　まあ、監督が待望のH駅伝を決めたんだから、夫婦で祝っているんだろうな。もしかして、監督がひさしぶりに身体を求めてきたり

て……だけど、それならそれでいい。今夜、涼子さんが監督の相手をしたって、まったく問題はない)

目を閉じていると、やがて、郁夫はどこかに吸い込まれていくような感触のなかで、スーッと眠りの底に落ちていった。

どのくらいの時間が経ったのだろう。

郁夫はドアをかるくノックする音で目を覚ました。ハッとして見ると、もう、十一時過ぎだった。

あわててドアを開けると、ジャージ姿の涼子が立っていた。

いつも結ばれているセミロングの髪が、今は解かれて肩に散り、大きな目がこちらを見ている。

急いで招き入れる。

「ゴメンなさい。遅くなってしまって」

涼子が謝ってきた。

「いいんです。来ていただければ……やはり、監督が……」

「それはまたあとで話すわね。今はとにかく、きみに抱かれたいの」

そう言って、涼子は部屋の照明を絞って、明かりを少し落とした。それから、ジッパーをおろして、ジャージの上着を脱いだ。

びっくりした。

下にはTシャツはつけておらず、いきなり赤いブラジャーに包まれた豊乳が現れたのだ。レース刺しゅうの入った鮮烈なブラジャーがたわわな乳房を押しあげている。

いつもはこんな派手な下着はつけない。きっとこれは、郁夫のためにエッチな下着をつけてきてくれたのだと思った。

「いやだわ。あまりジロジロ見ないで……」

そう言って、涼子が胸を隠した。

「すみません……すごくきれいで、大きくて……あの……」

言い淀んでいると、涼子がジャージのズボンに手をかけて、おろし、足踏みするようにして脱いだ。

（ああ、エロい！）

赤いレース刺しゅうの付いたハイレグパンティが腰骨に引っかかっている。

足がとても長く見える。

でも、全体はむっちりとしており、適度に肉付きもよく、色も白く、男心をそそる体つきをしていた。三十七歳だが、肌もきめ細かく、張りつめているせいか、年齢はまったくわからない。

呆然として立ち尽くしていると、涼子が近づいてきて、ジャージの上着を脱がせてくれる。下は白いTシャツだ。

さらに、涼子は前にしゃがんで、ズボンをおろした。

郁夫は足踏みするように脱ぐ。

それだけの行為で、郁夫の下腹部はいきりたっていた。灰色のブリーフをぐんと三角に持ちあげたものを見て、

「元気ね。あんなすごい記録を出したばかりなのに、こんなにして……座って」

言われるままに、ライティングデスクの前の椅子に腰かける。

すると、涼子は片足をつかんで、向こう脛にちゅっ、ちゅっとキスをして、

「この頑張った足を祝福しなくちゃね……ご褒美よ」

郁夫の足を持ちあげて、素足の甲にキスを浴びせてきた。

「あっ、ダメです。汚いです！」

「全然、汚くないわ。きみのこの強靱な足がなければ、あの記録は出なかった。うちは、きみのお蔭で予選を突破できたのよ。わたしだけなく、みんなもそう

思ってる。すごいことをしたら、それだけの報酬をもらうの。それで、人はまたやる気になる。ご褒美が欲しくてね」

涼子はにこっとして、足首から向こう脛にかけて舐めあげ、膝にちゅっ、ちゅっとキスをした。

それから、太腿にちろちろと舌を走らせる。

温かくて、ぬるっとしたものが大腿部を這うと、ぞくぞくっとした快感がうねりあがってきて、その快感が股間をいっそう充実させる。

涼子の舌がさらに内側にまわって、内転筋をツーッ、ツーッとなぞってきた。

「あっ、くっ……！」

イチモツがびくんとして、ブリーフを撥ねあげる。

と、涼子の舌が鼠蹊部を這う。

ブリーフと太腿の境目をツーッ、ツーッとなぞりあげられると、これまで経験したことのないぞくぞく感が起こって、震えてしまった。

涼子はちらっと見あげて、微笑んだ。

それから、ブリーフを手でなぞってきた。

ふくらみを下から持ちあげるようにして撫であげられる。それをつづけてされると、イチモツは一本芯が通ったようにギンとなり、ブリーフを高々と持ちあげる。

するると、涼子はその勃起をブリーフの上からつかみ、ゆっくりとしごく。

「ぁああ、くっ……」

「気持ちいい？」

「はい、すごく」

「じゃあ、これは？」

次の瞬間、涼子の指がブリーフの脇からすべり込んできて、勃起をじかに握ってきた。

焦らされただけあって、涼子のしなやかで、温かい指でじかに触られると、まさに天国だった。

涼子は微笑みながら、いきりたちを逆手に持って、なぞりあげる。

そうしながら、皺袋もさすってくれる。

睾丸をじかにモミモミされると、分身がいっそうギンとしてきた。

その指がつづけて、本体を握ってしごくのだ。

たまらなかった。先走りの粘液が滲んで、灰色のブリーフの一点がシミになっている。

それを見て、うふっと微笑んだ涼子が、ブリーフをつかんで引きおろそうとする。

郁夫が腰を浮かすと、ブリーフがおりていき、足先から抜き取られた。

ブンと頭を振ってこぼれでた肉柱は自分でもびっくりするほどに猛りたって、臍に向かっていた。

「すごい角度ね」

涼子がにっこりとした。

「俺……涼子さんとセックスしたくて頑張ったんです。だから……」

「ありがとう。わたしのことを考えて、走ってくれていたのね。でも、今回の自己記録更新はそのせいだけじゃない。きみはもともと実力があった。ただ、それがいろいろな形で出るのを阻《はば》まれていたんだわ。それが今回は爆発した。きみはいろんな体験をして大人になった。そして、走ることを相対化して考えられるようになった。それがいちばん大きいと思う」

そう言って、涼子が顔を寄せた。

臍に向かっていきりたつものを握って、亀頭冠の真裏にちゅっ、ちゅっとやさしいキスをした。

裏筋の発着点をちろちろと舐めながら、郁夫を見あげてくる。

ゆったりとしたウエーブヘアからのぞく大きな目が、郁夫を温かく包み込んでくる。赤い舌をいっぱいに出して、擦りつけてくる。

今度は舌先を激しく横に振って、刺激する。

「ぁああ、くっ……！」

思わず呻くと、涼子は満足げに微笑み、亀頭冠の周囲をゆっくりと舌でなぞってきた。

それから、亀頭部の丸みに沿って舌を走らせ、尿道口をちろちろとくすぐってくる。

指で亀頭部を圧迫して、鈴口を光らせ、そこに唾液を落としてきた。

付着した唾液を舌で溝に塗り込むようにして、窪みに沿って舌を走らせる。

細くなった舌先が鈴口にすべり込んできて、なかをくすぐってくるのだ。

「ぁああ、くっ……！」

内臓をじかに舐められているような不思議な快感に、郁夫は呻く。

すると、涼子は郁夫を見あげてうふっと微笑み、そのまま裏筋を舐めおろしてくる。

裏筋はいつも気持ちいい。

ツーッ、ツーッとつづけざまに舌で擦られる。なめらかな舌がおりていって、睾丸にまで届いたのには驚いた。

（ああ、涼子さんがそんなところを舐めちゃダメだ）

だが、袋の皺をひとつひとつ伸ばすように丹念に舐められるうちに、そこが唾液でべとべとになり、陰毛の生えた袋まで舐めてくれる涼子を、郁夫はますます愛おしく感じてしまう。

涼子が裏筋を舐めあげてきて、そのまま上から唇をかぶせてきた。

手を使わずに、いきなり根元まで頬張ってくる。

モジャモジャの陰毛に唇が接するまで深く咥えて、ぐふっ、ぐふっと噎せた。

だが、いさいかまわずに奥まで頬張って、そこでチューーッと吸いあげる。

繊細な頬がぺこりと凹み、いかに強くバキュームしているかがわかる。

その唇が上下にすべりだした。

涼子はゆっくりと根元から先端まで唇を往復させ、時々、舌をからめてくる。

じっと咥えている間にも、裏のほうにある舌が勃起の表面にねっとりとからんできて、その舌の摩擦が気持ちいいのだ。

(俺はこの人にこうしてほしくて、死ぬほど頑張ったんだ)

自分の限界を超えれば、その報酬がもらえる。それができないときは、何ももらえない。

涼子がちゅぱっと吐き出したとき、一筋の唾液がツーッと垂れ落ちた。涼子はそれを恥じるように唾液の落ちた個所を舌ですくいとり、見られたわね、という顔で郁夫を見た。

それから、また頬張って、今度は手指も使った。

包皮を押しさげて本体を完全に剝きだしにし、そのピンと張った表面に唇をかぶせて、すべらせる。

これが気持ちいいのだ。

しかも、顔を振る速度がどんどんあがってくる。

激しく唇でしごかれると、えも言われぬ快感がうねりあがってきた。

「んっんっ、んっ……」

敏感な亀頭冠とそのくびれがジーンと痺れてきた。

「ああ、ダメです。出ます」

ぎりぎりで訴えると、

「いいのよ。出して……出していいのよ。呑んであげるから」

涼子が言う。

一度放っても、自分はすぐに回復するという確信があった。

(だったら……ぁあああ、たまらない。くうぅ、我慢できない！)

しゃがみ込んでいる涼子の赤いブラジャーとこぼれでている胸のふくらみと谷間がのぞいている。そして、赤い刺しゅう付きパンティが大きなお尻に張りついていた。

「んっ、んっ、んっ……ジュルル……」

涼子はつづけざまにストロークして、唾液を啜りあげる。絶対にわざと聞こえるようにしている。

それでも、涼子のようないい女がジュルルと下品な音を立てて吸ってくれると、郁夫は否応なしに昂奮してしまうのだ。

最後に指のしごきが加わった。

激しく顔を振って唇を往復させ、根元をぎゅっと握ってしごきたてられると、いよいよ我慢できなくなった。

甘い陶酔感がどんどんひろがってくる。

「ああ、ダメた。出る!」

そう叫んで、郁夫は熱い男液をしぶかせていた。

しばらくオナニーもしていなかったせいで、溜まっていたのだろう。一度噴出した精液は際限なくあふれて、それを涼子はこくっ、こくっと頬張ったまま、呑みつづけている。

射精が終わりそうになると、もっと欲しいばかりにチューッと吸ってくる。バキュームされて、郁夫の精液は一滴残らず、吸い出された。

4

これでもう三度目だ。

監督の妻であり寮母が、三度も精子を呑んでくれたのだ。

これ以上幸せな寮生はまずいないだろう。

しかも、涼子は三十七歳の美熟女だ。

ベッドでぐったりしていると、洗面所で口をゆすいだ涼子が戻ってきた。

大きな目はぎらぎらして、潤みきっている。涼子が隣に寝て、

「腕枕して」

言うので、郁夫はおずおずと腕を伸ばす。と、二の腕から肩にかけて、涼子は頭を置き、横臥して郁夫のほうを向いた。

「さっきの件だけど……」

「はい、何かあったんですか？」

「じつは、監督が今夜、ひさしぶりにせまってきたのよ。お前を抱きたいと。でも、できなかったの。勃たなかった。わたしも一生懸命にしたんだけど……」

「そうだったんですか……遅いから何かあったのかと思っていました」

「……ショックだったわ。この人はわたし相手にもうエレクトしないんだってわかって……でも、監督のことは愛しているのよ。二人の男女関係がどうなろうとも、わたしは監督を支えつづける」

「……そうしてください」

「あらっ、随分と大人びたことを言うのね。少しは嫉妬しないの？」

「いえ、監督と俺は格が違うので、嫉妬なんておこがましくてできないです」

「そうやって割り切れるところが、きみのいいところね」

「それで、どうやって出てきたんですか？」

「私たち、寝室が別だから。あの人はわたしが何をしているかなんて気にしていないわ。とにかく、明日の朝六時に朝食を作ってくれればいいの。だから、今、わたしがここにいることはわからないだろうし、気にしないのよ。そういう人なの」

そう言って、涼子が上体を持ちあげて、胸板にキスをしてきた。

「きみに対する接し方がわかってきた。きみはたぶん、予選会のときのやり方が合っているのよ。二週間前にセックス断ちをすれば、ちょうどいい感じにホルモン分泌ができて、仕上がる。H駅伝まで一か月半。だから、一か月は女性を抱いてもいいわ。でも、半月前にはやめて。禁欲生活を送って。そうしたら、きっとまた上手くいくと思う」

「……じゃあ、その間、涼子さんが相手をしてくれるんですね？」

「そうしたいのよ。でも、また田井中望美が嫉妬しているの。だから、あの子と寝てあげて」

涼子がまさかのことを言った。

「でも、俺は涼子さんがいいんです」

「ありがとう。でも、やっぱりわたしと繰り返すのは危ないと思う。誰かの目につく可能性が高いし、監督に知れたら、きみもわたしも終わる。だから、しばらくは望美さんを抱いて……それで、H駅伝で好成績をおさめたら、そのときはわたしを抱いて、思い切り抱いて」

涼子が胸板から見あげてきた。

また、今回と同じニンジンぶらさげ作戦かと思った。

「それでは、いや？」

「……いやです。俺はずっとあなたと……」

「無理言わないで……今夜は朝までつきあうわ。ぎりぎりまで。それで許してもらえる？」

「……しょうがないですね」

「よかった。何度でも抱いて。わたし、きみなら何度だってイケると思う」

そう言って、涼子は胸板に頬擦りした。

ちゅっ、ちゅっとついばむようなキスを浴びせ、頬擦りしてくる。

きみなら何度だってイケるという言葉が、郁夫をかきたてた。

自分で攻めたくなって、涼子の背中のブラジャーのホックに手をかける。望美と回数を重ねることによって、ブラジャーくらいは外せるようになっていた。

ブラジャーのホックを外すと、涼子は自分でブラジャーを抜き取って、

「随分と成長したわね。ブラまで余裕で外せるなんて」

微笑んだ。

「はい……俺もいろいろと経験してきましたから」

郁夫は身体を入れ換えて、涼子を仰向けにし、自分は覆いかぶさっていく。

唇にキスをして、舌を押し込むと、涼子はしがみつきながら自分から舌をからめてくる。

濃厚なキスをしながら、郁夫は胸を揉んだ。

たわわで柔らかな乳房が指にまとわりついてきて、その中心の突起を指でつまんで転がすと、

「んっ……んんんっ……ぁあああ、ダメっ……」

涼子はキスをやめて、「うっ」とのけぞった。

郁夫は顔をおろしていき、透き通るようなピンクの乳首にキスをする。頬張って、なかで舌をちろちろさせると、

「んっ……んっ……ぁあああ、本当に上手くなった。ぁああ、それ！」

郁夫は反対側の乳房を荒々しく揉みしだき、頂上の突起を捏ねる。そうしながら、こちら側の乳首を上下左右に舌で撥ねる。

「ぁああ、ああ……いや、声が出ちゃう……うっ、ううん」

涼子は右の手のひらを口に押し当てて、必死に喘ぎを押し殺している。

見ると、そちら側の腋の下が無防備になっている。

郁夫は向かって左側の腋窩《えきか》に顔を埋めて、ぺろっと舐めた。

「あんっ……！」

腋を締めようとするその腕をつかんで開かせ、あらわになった腋窩に舌を這わせる。

きれいに剃毛《ていもう》された窪みは甘酸っぱい汗の香りをこもらせていて、そこをつづけざまに舐めると、

「んっ……んっ……ぁああ、いいの……いいよ……あっ、あっ……」

涼子はびくんびくんと震えて、顔をのけぞらせる。

郁夫は腋の下から二の腕へと舌でなぞりあげていく。

それを繰り返してから、脇腹へと舌をおろしていく。そこを舐めあげると、

「あっ……！　あっ……！」

涼子は大きく身体を震わせる。一気に肌が粟立ち、いかに感じているかが伝わってくる。

郁夫としては、自分が成長したところを見せたい。

これが最後で、次はH駅伝で好成績をおさめたときと言っていた。だが、涼子にはとことん感じてもらって、またすぐ郁夫に抱かれたいと思ってもらいたい。

その一心で、郁夫は丁寧な愛撫を試みる。

指も動員して、スーッ、スーッとフェザータッチで脇腹から太腿の側面へとおろしていく。

そこから、またフェザータッチで撫であげる。

赤いパンティの基底部を見ると、二重になったクロッチに楕円の形でシミが浮き出ていた。

郁夫は膝をすくいあげて、布地越しに花肉を舐めた。

すると、どんどん基底部が濡れそぼり、腰が揺れはじめた。

「ぁああ、あああああ……ねえ……」

涼子がこちらを見て、ぼぅとした目を向けてくる。

「何ですか？」

「意地悪しないで……欲しい。じかにして、お願い……」

涼子が潤んだ目で訴えてくる。

「しょうがないな」

郁夫はパンティに手をかけて、抜き取っていく。

ふわっとして柔らかな繊毛が繁茂して、仄白い恥丘が淫靡だった。

郁夫は両膝をすくいあげて、繁みの底を確かめた。

そこはすでに洪水状態で、陰唇がひろがり、内部の赤い粘膜がぬらぬらと輝いている。

狭間を何度も舐めあげ、大陰唇との境目にも舌を走らせる。

さらに、クリトリスも繊細に舌でいじると、涼子はもうどうしていいのかわからないといった様子で、腰をくねらせて、

「ぁああ、ああああ……ちょうだい。きみが欲しい……欲しい」

哀切にせがんでくる。

郁夫は顔をあげて、そそりたっているもので狙いをつけた。

ぬめる窪地を見つけて、慎重に押し込んでいく。

一発で入った。

怒張しきったものが、涼子のとても狭い入口をこじ開けていく。

途中で何かがからみついてくる。それを押し退けるように進めていくと、細道を切っ先が押し広げていって、

「はうぅぅ……！」

涼子が顎をせりあげて、洩れそうになった喘ぎを手のひらで封じた。

（ああ、すごい……！　締まってくる）

フェラチオは何度もしてもらったが、挿入は二度目だ。

（すごい、すごい……とろとろだけど、圧迫感が強い！）

柔らかな粘膜がうごめきながら、イチモツを締めつけてくる。入口だけでなく、内部のほうもからみついてくる。

郁夫は膝を放して、前に倒れていく。

涼子を抱き寄せるようにして、キスをする。

すると、涼子も自分から舌を求めて、からませてくる。

まるで二人がひとつになったようだ。しかも、舌も下の粘膜もねっとりとしてまとわりついてくる。

郁夫も舌をれろれろしながら、腰をゆるやかにつかう。

「んんんっ……んんんんっ……」

涼子はくぐもった声を洩らしながらも、郁夫の肩にぎゅっとしがみついてくる。足をM字に開いて、屹立を深いところに導いている。

郁夫は唇を合わせながら、徐々にストロークを強めた。すると、涼子はついにキスしていられなくなったのか、唇を離して、

「うっ……うっ……あっ……」

低く喘ぐ。

手のひらを口に当てているので、やはり、深夜の寮で喘ぎ声が洩れるのを気にしているのだろう。

郁夫はもっと感じさせたくて、乳房をつかんで揉みしだく。たわわなふくらみを揉みあげて揺らし、乳首をくりくりと捏ねる。そうしながら、強く腰を叩きつけた。

「あん、あんっ、あんっ……いや、声が出ちゃう……ダメ、もう、ダメ……」

涼子が下から訴えてくる。その目が今は潤んで、きらきらと光っている。

郁夫は無言で、さらに打ち込みを激しくしていく。

涼子は上下に揺れながら、眉を八の字に折って、今にも泣き出さんばかりの表

情で、

「あん、あん、あん……」

つづけざまに喘ぐ。

手の甲を口に添えていて、そののけぞった顔がとてもセクシーだった。自分が涼子を感じさせているという実感が伝わってきて、郁夫はますます昂る。

膣粘膜がまったりとからみつきながら、時々、ぎゅ、ぎゅっと締まって、郁夫もどんどん追い詰められる。

だが、涼子をイカせるまでは絶対に射精はしない。

さっき、涼子は今夜はとことんつきあうと言った。しかし、二度射精したら、やっぱり、三度目は確信が持てない。

だが、このままでは出してしまいそうだ。涼子の膣の具合が良すぎるのだ。

(こういうときは……)

郁夫は望美との爛《ただ》れるようなセックスで、体位も学んでいた。

5

郁夫は涼子の背中に手をまわして、引きあげながら、自分は座る。

すると、涼子の上体が持ちあがってきて、二人は対面座位の形になる。

郁夫は胡座をかき、その上の涼子が郁夫の腰を足で挟む形だ。

「いや……」

涼子が顔を横に向けた。目の前にお互いの顔があるから、恥ずかしいのだろう。

「俺はすごく幸せですよ。涼子さんと向かい合えて……二人がひとつになった気がします」

「そうね……わたしも幸せよ。キスしようか」

涼子が少し顔を傾けたので、郁夫も反対に傾けながら唇を合わせた。

二人の舌と舌が重なりあい、お互いの息づかいもわかる。

腰をぎゅっと抱き寄せると、

「んんっ……んんんっ……」

涼子は唇を合わせながらも抱きついて、自分で腰をつかう。

きっとこうしてほしいのだろうと、郁夫も尻に手を添えて、動きを助けてやる。

「んんっ、んんんんっ……」

涼子はますます強い吸いつきながら、腰をくねくねさせ、ペニスを貪ろうとする。

「両手を後ろに突いてください」

キスをやめて言うと、

「わかったわ。これでいいのね?」

涼子が後ろに手を突いたので、距離ができて、乳首を吸えるようになった。

顔を寄せて乳首を舐めた。ちろちろっと舌を躍らせると、

「ああ、あああ……いいの……すごいよ、亀山くん。すごく上手くなった」

涼子は乳首を吸われながらも、自分で腰を振る。だが、この姿勢では大きく腰をつかうことができないはずだ。それがもどかしくなったのか、

「ねえ、動きたい……」

涼子が求めてきた。

「わかりました」

郁夫は自分が倒れて、背中をつける。

騎乗位の形だ。これなら、涼子は好きなだけ腰を振ることができる。

涼子が足を大きくM字開脚し、腰を振って、膣を擦りつけてくる。丸見えだった。

自分の勃起が涼子の器官に没して、完全に見えなくなる。そこから棹の根元が少し見えて、また埋まる。それを繰り返しながら、

「ぁあああ、あああ……気持ちいい。へんになりそう」

涼子が言う。

「腰を少しあげてください。俺が突きあげます」

涼子が蹲踞の姿勢になった。

郁夫は両手を伸ばして、尻を下から支えながら、下から突きあげていく。ぐい、ぐい、ぐいっと腰をせりあげると、屹立が肉路を擦りあげていって、

「あん、あん、あんっ……ダメ、声が出ちゃう！」

涼子は手のひらを口に当てて、喘ぎ声を押し殺す。

郁夫がつづけて突きあげると、

「ああ、ダメっ……くっ！」

涼子はがくがくっと震えながら、前に突っ伏してきた。

郁夫は背中と腰をがっちりとホールドして、もっと強く下から腰を撥ねあげる。
ずりゅっ、ずりゅっとイチモツが肉路を擦りあげていき、
「あんっ、あん、あんっ……ぁああ、イキそう。わたし、イクわ」
涼子がぎゅっとしがみついてきた。
「いいですよ。イッて……」
郁夫は一度出したせいで、まだまだ余裕がある。
今日ハーフマラソンを走ったとは思えないほどに、体力も残っていた。
つづけざまに撥ねあげると、
「イク、イク、イクわ……はぅぅぅぅぅ……！」
涼子は必死に手で口を押さえながら、上体をのけぞらせた。
それから、がくん、がくんと躍りあがる。
イッたのだ。
しかし、郁夫はまだまだ元気だ。
ぐったりとした涼子を上からおろし、ベッドに這わせた。
後ろから嵌めて、ぐいぐいと打ち込んでいく。
パン、パン、パンっと乾いた音がして、

「あんっ、あんっ、あんっ……」

涼子が断続的に喘ぐ。

自分が声を洩らしているのに気づいたのか、枕を持ってきて、そこに顔を埋めて、喘ぎを封じた。

だが、その仕種が郁夫をいっそうかきたてる。

涼子をもっとイカせたい。何度でもイカせたい――。

その一心で、涼子を後ろから突いた。

むっちりとした色白の肌が朱に染まり、少し猫背になって、枕を噛むようにして声を押し殺している。

「あん、あん、あん……ねえ、またイク……イキそう……」

「いいんですよ。そうら」

たてつづけに突いたとき、涼子は「あっ」と声を洩らして、どっと前に突っ伏していった。

うつ伏せになって、ぐったりしている。

(俺は二度も涼子さんをイカせた。だけど、俺はまだ元気だ。もう一度、いや何回でも涼子さんをイカせてやる)

郁夫は涼子を仰向けにさせて、膝をすくいあげた。

すでに、涼子のそぼ濡れた花弁は開ききって、内部の赤みをのぞかせている。しかも、とろっとした蜜があふれて、全体が妖しいほどにぬめ光っていた。

郁夫は猛りたつものを押し当てて、埋め込んでいく。

そして、両膝の裏をつかんで、ぐいと押し広げる。

「ぁあぁうぅぅ……！」

涼子が眉根を寄せて、顔をのけぞらせた。

何度も昇りつめて、もう何が何だか訳がわからなくなっているのだろう。それまで口から離さなかった手でシーツを握りしめて、顎をいっぱいに突きあげている。

郁夫は両膝の裏をつかむ指に力を込め、ぐっと前に体重をかけて、一撃、一撃を打ちおろしていく。

とろとろに蕩けたような粘膜がうごめきながら、分身を包み込んでくる。打ちおろしながら、しゃくりあげる。それを繰り返していると、郁夫も追い詰められていった。

奥のほうの扁桃腺《へんとうせん》みたいなふくらみが先のほうにからみついてきて、それを捏ねるとひどく気持ちがいい。

（もう一度、もう一度イカせてやる！）

気持ちを切っ先に乗せて、思い切り突いた。ズンッと先端が子宮口にぶち当たって、

「はうぅぅ……！」

涼子が大きくのけぞった。

郁夫は奥歯を食いしばって、打ち据《す》える。途中でしゃくりあげる行為を繰り返していると、涼子が切羽詰まってきた。

「ぁああ、信じられない……亀山くん、わたし、またイクわ、イクのよ、イクのよ！」

涼子が顔をのけぞらせて言う。

「俺も、俺も出します。涼子さん、涼子さん、おおぅ、涼子！」

最後は呼び捨てにして、これ以上は無理というところまで深く打ち込んだ。ぐいっ、ぐいっ、ぐいっとえぐりたてていると、

「イク、イク、イク……いやぁあああぁぁぁぁぁぁ！」

涼子は必死に声を押し殺しながらも、凄絶《せいぜつ》な声を洩らし、シーツを鷲つかみに

してのけぞり返った。

「おおぅ……！」

吼えながら、連打したとき、郁夫も至福に押しあげられた。痙攣をしている涼子の体内に、熱い男液をしぶかせた。放ちながら、ぴったりと下腹部を押しつける。

夢のような瞬間だった。

これ以上の歓喜の瞬間はきっともうこの先、訪れないだろう。そう思ってしまうほどの最高の時間だ。

打ち尽くして、郁夫はがっくりと覆いかぶさっていく。

さすがに息が切れた。はあはあはあと息を弾ませていると、涼子が髪を撫でてくれた。

「頑張ったわね。きみは最高の男で、最高のランナーよ。自分に自信を持ちなさい。いいわね？」

「はい……」

郁夫はそう答えて、結合を外し、すぐ隣にごろんと横になった。

そのとき、郁夫も涼子も気づいた。股間のものがまったく縮んでおらず、いきりたったままであることに。

「すごいわね、まだエレクトしてる。いいわ。今夜は徹底的に愉しみましょ。でも、いったん今夜で終わり。次にわたしが欲しかったら、H駅伝でみんなをあっと言わせる走りをして。そうしたら、またあげる」

「わかりました。俺、H駅伝で最高の走りを見せます。そうですね。前を行く選手を最低三人抜きます。そのときは、抱かせてくれますか？」

「三人か……いいわ。その前に、この元気な坊やにもう一度ご褒美をあげる」

涼子の顔がスーッとさがっていき、蜜まみれでそそりたっているものに、ちゅっ、ちゅっとキスを浴びせ、上から唇をかぶせて、ゆっくりと顔を振りはじめた。

※この物語はフィクションです。同一名称の固有名詞等があった場合でも、実在する人物や団体とは一切関係ありません。

イースト・プレス
悦文庫

人妻あげマン寮母

霧原一輝《きらはらかずき》

2022年11月22日　第1刷発行

企　画　松村由貴（大航海）

発行人　永田和泉

発行所　株式会社　イースト・プレス

〒101-0051
東京都千代田区神田神保町2-4-7　久月神田ビル
電　話　03-5213-4700
FAX　03-5213-4701
https://www.eastpress.co.jp

印刷製本　中央精版印刷株式会社

ブックデザイン　後田泰輔（desmo）

ISBN978-4-7816-2142-5 C0193